좌절할 수는 없다

좌절할 수는 없다

이강규 지음

지혜의나무

<불굴!!>

좌절할 수는 없다. 어떠한 역경이 오더라도 극복해야 한다.

은근과 끈기. 이는 내가 살아가는 원동력이다.

바닷가에 들어섰다.

파도가 밀려온다. 끊임없이 밀려온다.

남풍에도 물결이 일고, 북풍에도 물결은 인다.

큰 물결! 작은 물결!

그 어느 하나 피할 수 없다. 그 어느 하나 막을 수도 없다.

오직 몸으로 맞으며 대처할 수밖에 없다. 극복해야 한다.

<좌절!>

그것은 숨을 거두는 운명의 그날! 그 한 번으로 족하다.

나는 많은 풍랑을 헤쳐 나가야 한다.

은근과 끈기! 그래서 생기는 고집통!!

'불굴!' 만이 오직 나의 좌우명이다.

경인년(庚寅年) 우금정(友琴亭)에서

거범(起範) 이강규(李綱奎) 씀

목차

제1부

이런 아이가……〈유년 시절〉

1. 웬 송아지를! —출생

"애, 새 아가! 설거지 끝냈으면 산으로 나물하러 가자."

일제 강점기 말이다. 남의 땅 소작하여 추수한 곡식은 공물로 다 빼앗기고 북간도 좁쌀을 배급받아 겨우 연명하시던 할머니는 큰 며느리와 새 며느리를 불러 산에 가서 나물을 뜯고 먹을 만한 풀뿌리를 캐 오신다. 견디다 못한 할아버지 두식(斗植) 씨는 큰 아들 사건(思健)과 셋째 아들 사문(思文)을 데리고 만주로 이민을 떠나셨다.

그러나 둘째이신 아버님은 동두천, 지금의 미군 주둔지인 걸매에서 자란 규수와 결혼한 지 얼마 안 된 신혼 시절이었다.

"여보, 우리는 여기 조상 선산 밑에서 그냥 살아갑시다."

그리하여 경기도 포천시 가산면 우금 1리 마지동, 지금은 저수지로 수몰되었지만 찬규네와 용팔네 사이 재밤나무 옆 용섭이네 집터, 토담 삼간에서 원앙새 같은 한 쌍 부부는 새살림을 꾸려 나아갔다.

1937년 정축(丁丑)년 음력 9월 23일 사시(巳時), 즉 아버님 생신 하루 전날 '응애응애' 소리가 울렸다. 이 아이 강규(綱奎)는 아산(牙山) 이(李)씨 22대 손으로 사직공파 둘째인 대호군공의 13대 손이며, 아버님의 휘는 사홍(思洪), 자는 효득(孝得), 예명은 효보(孝甫)이시며, 어머님 결매댁은 사천(泗川) 목(睦)씨 목정삼(睦正三)의 딸 원(源)이시다. 비록 토담 삼간 집에 신혼살림을 차렸지만 아버님은 산에 가서 화전을 일구고, 나무를 해다 팔아 양식을 하고, 어머님은 나물을 뜯어다 살림에 보태며, 큰 넉고개 성황당에서 길손이 벗겨 버린 참외 껍질로 허기진 배를 채우기도 하셨단다.

"여보, 웬 송아지를 끌고 오세요?"

"그동안 나무 해다 팔아서 모은 돈으로 샀지."

이 송아지가 크게 자라서 달구지를 끄는 소가 되고, 여기에 숯과 나무를 싣고 서울의 미아리 고개를 넘어 돈암동까지 100여 리를 가서 내다 파시는, 이른바 운수업의 선구자가 되셨다.

억척스럽고 근면 성실하신 부모님은 외아들을 배 안 곯리고 쌀밥 먹이면서도 모은 돈으로 비록 초가이긴 하지만 큰 마당도 있고 채마밭도 넓으며, 앞에 모래·자갈밭이지만 넓은 동부 밭도 있는 동순 아버지 용철 씨네 집을 사서 이사하셨다.

2. 일어나라! 걸어라!―성장

그 시절은 홍역, 마마도 심하고 영아들의 사망률도 어찌 그리 높았는가?

출생 신고도 돌이 지나서야 하던 시대였으니, 아이를 키우는 부모들의 마음 오죽하였으랴! 아이를 낳고도 어찌 될지 모르는 일이라 조금만 이상하다 싶으면 잠을 못 이루던 시대였다. 당시 보건 정책이라고는 천연두 주사가 고작이고 그 이상은 생각도 못하던 때에 태어난 강규를 잘 키울 수 있으려나, 걱정이 태산 같았다.

방글방글 웃던 아가는 네발로 기더니 어느덧 땅을 디디고 일어나 아장아장 걸으며 돌이 되어서는 한껏 재롱둥이로 부모의 사랑을 듬뿍 받았다. 모두가 그렇듯 아이는 부모의 자랑이요, 보물같이 소중한 존재였을 것이다.

그러나 기쁨도 잠깐이라고 이게 무슨 청천에 날벼락인가? 아이의 몸에서 열이 몹시 나며 먹으면 싸고, 점점 꼴이 말이 아니었다. 이웃에 사시는 독쟁이 할머니가 오셔서 덕담인지 악담인지는 몰라도 하신다는 말씀이,

"무얼 들여다보오? 갖다 버리구려."

부모의 심정이 어떠하셨을까! 어머님은 그야말로 낙심천만이셨다. 먼저는 아들도 낳아서 잃고 딸도 잃었는데, 이놈마저 내 복에 없는 것인가? 그때의 심정이었으리라.

그렇게 가슴 졸이고 지내던 어느 날, 저녁으로 먹으려고 수제비를 만들었는데, 아이가 자꾸만 달라고 칭얼대는 것이 아닌가?

"에라 모르겠다. 기왕 죽을 것이면 먹고나 죽어라."

어머니는 달라고 보채는 녀석에게 수제비를 주었단다. 그런데 이게 어찌 된 일인가? 아이가 수제비를 먹더니 설사를 멈추는 것이 아닌가! 그렇게 아기는 기운을 차리게 되었다.

그러나 이런 마(魔)가 또 어디 있으랴. 어린아이에게 넘기 어려운 파도가 밀어닥쳤다. 고열에 시달리던 아이가 소아마비로 일어나지를 못하는 것이 아닌가. 평생 '지체 장애자'라는 낙인과 함께 살아가게 되는 운명이 되어 버린 것이다. 원하지 않는 불행을 받아들여야 했던 아이와, 그런 아이를 지켜봐야 하는 어머니는 아픈 다리를 주무르고 또 업고 다니며 용하다는 침쟁이는 다 찾아다녔다. 침을 맞을 때 아파서 우는 아이의 입을 수건으로 틀어막으며 그 얼마나 헤매셨던가. 그런 어머님의 정성으로 아이

는 살아서 성장하였으리라 되새겨 본다.

"쭈그렁밤송이가 오래 간다더니만 그래도 살아서……."

아무도 없는 빈 방안에서 일어나 보려고 얼마나 애를 썼던가. 벽을 짚고 일어나려다 엎어지고 자빠지고 손톱이 다 뭉그러진다.

사람이 직립 보행을 할 수 있기 때문에 만물의 영장이 되지 않았는가? 세상 만물 중에 사람이 일어설 수 있는 것이 조물주로부터 받은 가장 큰 첫 번째 복이라면, 두 발로 걸을 수 있는 것은 곱빼기로 받은 큰 복이라고 말하고 싶다.

여섯 살이 되어서야 겨우 일어나 걷기 시작하는 나, 강규! 처음으로 좌절을 극복하는 맛을 보며 세상의 첫걸음을 내딛는다.

"엄마, 엄마! 나 좀 봐! 걷지, 그치?"

일어나서 한두 발짝씩 걷는 걸음마지만 내게는 엄청난 변화요 변혁이다. 나도 연습만 하면 걸을 수 있다는 가능성을 확신하게 된 것이다. 자신의 아픔 때문에 속이 타다 못해 눈물을 되씹던 어머님을 보면서 아이는 엄마한테 자랑을 한다. 동네 아이들이 마음껏 뛰어 노는 것을 볼 때면 움직이지 않는 다리를 피멍이 들도록 꼬집으며 얼마나 울어야만 했던가? 그때의 아픔을 아득한 기억에서 떠올려 본다.

3. 제발! 도망 좀 가 다오!—강습소

"몸도 남들처럼 성치 못한 아이이니, 공부나 많이 시켜야겠어요."

"아무렴! 내일부터라도 궁말에 있는 강습소에 보냅시다."

이른바 조기 입학이다. 부모님께서는 지금 강남에 사는 부모들처럼 극성이었나 보다. 다리 불편한 자식이 병신 취급 받기보다 사람들에게 존경받으며 살았으면 하는 부모님의 마음이 스멀스멀 느껴진다.

점둔지와 대대울 동네를 지나 그 다음 동네가 궁말이다. 3㎞는 족히 될 거리이다. 길가 삼거리에 꼭 우리 집만 한 세 칸 집이 하나 있었다. 지금은 누구네 집이었는지 기억도 나지 않는 그곳에 크고 작은 아이들을 모아 놓고 매일 가르쳐 주는, 그때 말로 '강습소'가 있었다.

어머님은 여섯 살에 겨우 일어나 억지로 걷는 나를 업어다 입학시켰다. 동네 아이는 현구도 있고 화숙이도 다녔다.

업혀 가던 나는 걸어가겠다고 떼를 쓴다. 그러나 얼마 못 가고 또 업힌다. 그렇지만 날이 갈수록 걷는 길이는 길어지고 업히는 거리가 짧아져 결국 나는 3㎞ 떨어진 강습소엘 혼자 걸어서 갈 수 있게 되었다. 이것이 내게 좌절을 모르는 '불굴'을 배우는 시작이 되었다.

당시 강습소에는 지금은 얼굴이 기억도 안 나지만 '거머리 선생님'이라 불리던 선생님이 계셨다. 그때는 그 별명을 사람이 무논에 들어가면 덤벼들어 피를 빨아 먹는 거머리에서 비롯된 걸로 알고 있었으나 나중에 생각해 보니 마을 반대편 서쪽으로 십 리를 가면 고모리가, 거기서 더 멀리 축석 고개를 넘으면 금오리 (지금의 의정부시 금오동)가 있었고 그중 어느 마을에선가 오시는 선생님을 잘못 발음하여 '거머리 선생님'이라 했을 것이다. 선생님은 그 먼 데서 보수도 없이 매일 와서 가르쳐 주셨다. 해방 전 선각자들은 구석구석에서 자기 나름대로 조국의 광복과 조국의 앞날을 위해 많은 노력을 해 왔나 보다. 거머리 선생님이야말로 선구자이시며, 독립 운동가셨다.

어느 날 아버지가 큰 종이에 '가갸 거겨 고교 구규……' 한글판을 써 수시며 배우라 하셨다. 한글을 몇 자 익힐 때마다 거머리 선생님이 상제 연필을 '상'으로 주셨다. 나무에 연필심만 넣은 연필로, 칠도 안했고 글씨도 없으며, 지우개도 안 달린 미완

성 제품의 연필이었지만 깎아서 쓰는 데는 아무 이상이 없었다.

나는 한글을 깨우쳤으며 '상제 연필' 부자가 되었다. 살맛이 났다. 쩔뚝쩔뚝 걷는 것조차 재미가 있었다. 나도 걸을 수 있다는 것이 얼마나 큰 행복인가! 한 마리 새가 하늘을 날아가는 것보다 즐거웠다. 그렇기에 처음에는 업혀서 강습소에 갔던 나는 결국 혼자 걸어서 즐겁게 강습소에 매일 다녔다. 요즘처럼 지체 장애 자용 보호 장구도 없었다. 지팡이도 목발도 없이 그냥 걷는다. 그냥, 그냥!……

어느 날인가 갑자기 비가 왔고, 도랑물이 늘어나더니 마른 개울에 개울물이 생겼다. 대대울 손석영 씨네 앞 도랑은 평시에 늘 돌 징검다리로 건너다녔는데, 물이 늘어서 오늘은 어림도 없다. 망설이며 누군가가 와 주기만을 기다리는데, 마침 손석영 씨가 집 밖으로 나오다 나를 발견했다.

"강습소에 가려고? 여기를 건너도 두 군데나 더 건너야 하고, 지금 가 봐야 지각이다. 그러니 집으로 돌아가렴!"

지각을 해도 좋으니 건너 달라고 할 걸, 그냥 집으로 오니 어머님은 역정을 내셨다.

"공부하러 안 가고 그냥 돌아왔어? 지각이 무어 대수라고 그만한 일로 강습소엘 안 가?"

그렇게 화내시는 모습을 처음 봤다. 집하고 뒷간 사이에 뽕나무 한 그루가 있었는데 햇가지를 꺾어 종아리를 때리셨다. 옷을 걷어

올린 종아리에 뽕나무 회초리는 챙챙 감기었다. 몹시 아팠다.

어머님께 매 맞는 것도 처음이지만, 가 봐야 지각이라고 돌아온 것이 잘못이었기에 이를 악물고 그 매를 다 맞았다.

모처럼 우등상장을 받아서 어머님께 올리던 국민학교 4학년날, 어머님은 그때 일을 회고하면서,

"제발 다른 애들처럼 도망 좀 가지 그랬냐?" 하시며, 껴안아 주시면서 소아마비로 도망도 못 가는 아들을 훈계하시던 때를 떠올리시며 눈물을 보이셨다. 그때는 속으로 얼마나 우셨는지 몰랐다고 하셨다.

나는 그 일 후로 아파서 결석은 했을망정 지각은 밥 먹듯 하면서도 학교 가기 싫다는 생각은 해본 적이 없다.

나는 다음 생애에도 우리 어머님의 아들로 태어나고 싶다.

어머님! 어머님!……

제2부

이런 학생이……〈벼락 박사〉

1. 꼴찌에서 우등생으로!—가산 초등학교 17회

1945년 봄 가산 소학교에서 입학 통지서가 날아왔다. 휘미안 벌을 지나 고인돌을 거쳐서, 말뫼벌을 지나 말미를 가면, 집에서 4㎞, 면 소재지가 있는 곳. 번듯한 학교에 플라타너스의 큰 잎이 하늘을 가리는 그늘도 있고, 큰 운동장도 있다. 학교 가는 길은 지방민들을 부역으로 동원하여 만든, 차가 다니는 한길이었고, 그 길로는 검은 옷에 검은 모자를 쓴 일본 순사가 긴 칼을 옆에 찬 채 말을 타고 떨거덕떨거덕 지나간다.

가슴에 코 수건을 달고, 일곱 살 된 아이가 걸으며, 넘어지며, 어머니 등에 업히며 가서, 학교에 입학하고 보니, 교장 선생님은 알아듣지도 못하는 말을 하는 일본 사람이다.

"아카이(あかい) 이카이 시로이(しろい) 시로이……."

"시고키(しごき) 시고키 하야이(はやい)……."

아마도 일본 사람을 만들려는지 이름도 '야마모토 강게이'라고 부르면 대답하란다.

몇 달 지나자 해방이 되었다. 8월 15일, 해방이 되었고 우리말을 하시는 할아버지 교장 선생님이 새로 오셨다. '이보윤' 선생님이시다.

우리는 '바둑아 바둑아, 이리 오너라. 나하고 놀자.' 교실이 떠나가라 큰 소리로 외쳤다. 음악 시간에는 교장 선생님이 오셔서 풍금을 치면서 노래를 가르쳐 주셨다.

"장독 위에 흰 눈이 소복 쌓였네."

나는 음정 박자 모두 엉망이었나 보다. 교장 선생님은 같은 곡을 몇 번씩 다시 부르게 하셨다.

남보다 먼저 떠나 4㎞ 거리의 학교를 무조건 가야 한다는 생각에서 절뚝거리며, 중간 지점인 고인돌 동네를 가면, '황우석'이라는 6학년 학생이 있었다. 그는 키도 크고 나이도 많았으며, 장가도 갔단다. 이 학생은 마음씨가 그만이다. 나를 보기만 하면,

"강규, 이리 오너라." 하며, 매번 나를 들쳐 업고 학교를 갔다. 나는 그 양반의 고마움을 잊을 수가 없다. 1학년 말 성적이 나왔다. 우리 반 60명 중 57등, 끝에서 세 번째이다. 학교에 가는 데만 열심이었지, 성적이 안 좋았다.

몸은 불편해도 어울려 놀기를 좋아했다. 그중 딱지치기를 좋아했는데, 딱지 보따리를 고인돌 근처 논두렁 밑에 감추어 두고 학교가 파하면 해가 지는 줄도 모르고 놀았다. 딱지 속에는 쇠

조각을 넣기도 하지만 고무신 바닥을 잘라 넣은 딱지가 제일이다. 동네에 들어오면 비석치기를 한다. 납작한 돌로 세워 놓은 말을 쓰러뜨리는 놀이이다. 먼저는 던지고, 다음은 사타구니에 끼우고, 다음은 가슴에 올려놓고, 다음에는 이마에 올려놓고 가서 세운 말을 쓰러뜨렸다.

자치기도 즐겼다. 떠넘기기, 딴지, 두손잡이, 동그랑땡, 댕고 등 다섯 가지를 연거푸 치면서 자로 재는 놀이다.

하여간 학교도 열심히 다니고 놀기도 열심히 놀았다. 그 덕분인가 내 다리에 힘이 생겼다. 보기엔 절뚝거리는 것이 눈에 띄어도 걷는 데는 불편함이 없이 학교에 다니게 되었다. 나도 사람들 중의 일원이 되겠구나, 자신감이 생겼다.

촉성반도 있었다. 왜정 때 학교를 못 가고 나이 먹은 사람들이 해방이 되자 1학년에 입학하여 촉성반이 되었는데, 큰 사람은 큰 사람끼리, 꼬마들은 꼬마끼리 어울렸다. 다리에 힘이 생겨 잘 걷게 되고, 어울려 잘 놀다 보니 꼴에 여학생이 눈에 들어온다. 우리 반에는 윤완희가 있고 그 누나 윤○○이 있었는데 윤○○은 동그랗고 납작한 얼굴이 누구보다 예뻤다. 나이도 두 살이나 위인지라 키도 크고 빠질 데가 없다. 어린 나이에도 상상은 자유이다. 그녀와 가까워지려고 완희, 원묵이와 삼총사를 이뤘다. 그녀는 튼튼하고 큰 아이들하고만 놀려고 하는데…….

그것이 첫사랑이었나, 짝사랑이었나! 말 한마디 못 건네고 속으로 애만 태웠다.

지난번 칠순(七旬)을 맞아 열린 고희연(古稀宴)에 짝사랑 그녀가
왔다. 신복순, 이부용, 이간난 등 여학생들이 남자 동창들과 함
께 서도소리 민속 보존회 음악 학원 정이순 원장을 데리고 와 행
사도 진행하고 축하해 주었다. 그녀 윤○○은 의정부시로부터
1996년 10월 13일 '효부(孝婦)상'을 받았고 모 주간지에 1997년 6
월 11일 '장한 어머니'로 실렸을 뿐 아니라, 1997년 5월 9일 의
정부 여성상 '훌륭한 어머니' 부문을 수상한 바 있다. 소리를 할
줄 아는 그녀는 동두천 옛 소리 보존회, 포천 메나리, 의정부 한
석자 · 윤수자 · 이종진 등 국악 학원과 서도소리 정이순 학원을
비롯해 신하교 무용 학원에 나가서 소리와 사물놀이를 지도한
다. 2009년 용인 대회에서는 대상을 받았단다.

칠순 때 만난 이후 하동의 코스모스 축제를 비롯하여 고양 세
계 꽃박람회, 양주 민화 전시회, 강화, 인천대교, 대부도 등등을
여행하면서 옛이야기 하며 다정하게 지낸다.

어렸을 적 꿈이 이렇게도 이루어지는 것인가!

내가 사람 보는 안목이 어릴 적부터 있었나 보다. 짝사랑 첫사
랑이 이렇게 우아하게 멋지게 살고 있으니 말이다.

2. 서당에서 한문 공부를! ─성은 동문회

나는 어려서 좋은 선생님들을 만났었다. 강습소 거머리 선생님 이후 국민 학교에 들어가서도 말이다.

'조항묵' 선생님! 우리 반 조ㅇㅇ군은 언청이였는데, 선생님이 서울까지 데리고 가서 수술을 해주셨다. 내 일은 아니지만 큰 감명을 받았다. 정년퇴임하시는 날 동창들과 함께 참석했었다.

'이효종' 선생님! 키도 크시고 핸섬하시며,

"그게 말이야. 그게 말이지." 말씀도 재미있고, 특히 웅변을 잘하셔서 큰 감명을 받았고, 내 아들 용광이의 결혼식 주례도 해주셨다.

'황규채' 선생님! 공부도 못하면서 놀기만 하는 이강규를 붙들고, '나머지 공부'를 가르쳐 주었다. 3학년 때 담임이시다. 내가 공부에 재미를 붙이고 친구들을 따라갔을 뿐만 아니라, 4학년부터 우등상장을 받게 되었다. 뒤꼍에 있는 큰 뽕나무에 올라가 큰 오디를 따다가 도시락 통에 담아서 드렸던 생각이 난다. 그런데 선생님은 6·25전투에 참전하시어 전사하셨단 말을 들었다.

3학년 겨울 방학때 아버지는 내 손을 잡아 이끌고 느티나무 집 서당엘 데리고 가셨다. 과외 수업으로…….

"하늘 천(天), 따 지(地), 거물 현(玄), 누루 황(黃)……."

알지 못할 글이지만 무작정 따라 외었다. 나이 많은 형님들이 한 20명 모여 어려운 글들을 읽고 있었는데, 나만 어린 사람으로 내가 배우는 책은 《천자문》이었다.

훈장 선생님께서 시간이 모자라면 형들이 돌아가며 가르쳐 주기도 했고 어찌됐거나 아는지 모르는지 겨울 방학 30일 동안에 '천지현황(天地玄黃)'으로 시작해서 '언재호야(焉載乎也)'까지를 마쳤다.

천자문을 떼는 날, 어머니가 떡을 해 오셔서 선생님께 올리니, 온 학생에게 나누어 먹게 하셨다. 그 후 4학년 여름방학엔 《계명편》과 《동몽선습》, 《명심보감》을 읽었다. 《통감》, 《논어》, 《맹자》, 《소학》, 《대학》 등 《사서삼경》을 다 읽었다면 좋았을 텐데…….

서당 훈장 이태윤(李泰允) 선생님은 호가 성은(誠隱)이시고, 마을에서 부자이시며, 구장도 보시고, 수복 후에는 면 자치 위원장에 민선 투표로 당선되신 분이시다.

내가 마을 이장일 때 한 번은 서류 보따리를 들고 오셔서,

"이게 우리 땅문서인데 어느 것이 어느 땅인지 모르겠으니 알아봐 주겠는가?" 하시기도 하고, 또 한 번은 그 어느 날인가 포천 아산 이씨 종중 총무이신 철순 씨와 마을의 형규 씨 세 분이 오셔서,

"어젯밤엔 한숨도 못 잤다네. 공무원인 만순이, 선생인 택규, 그리고 정당인인 용재 등 세 명이 찾아와, 이제는 젊은 사람들이 나서서 장학 사업을 비롯해서 종중 일을 맡아 할 테니, 종중의 책임들을 내어 놓으라고 밤새도록 졸랐다. 이럴 수 있느냐?"고 하시며 하소연하셨다.

서당에서 한문을 배운 우리 문하생들은 한학자 성은 선생님이 돌아가셨을 때 '성은 동문회(誠隱同門會)'를 결성하고, 비석을 만들어 세웠을 뿐만 아니라, 해마다 설날 때면 모여 뜻을 기리며, 오늘날까지 우의를 다지고 있다. 그 회원은 조석구, 박용환, 이상덕, 원유문, 이대순, 원광재, 원근재, 원범재, 조범재, 이범재, 이영우, 유인원, 이용림, 김종안, 이춘범, 맹수창, 유충렬, 유금렬, 이강규 등이다.

3. 아~ 아 잊으랴! 어찌 우리 이날을!
—내가 겪은 6·25 피란

아버님은 송아지를 길러 큰 황소로 만들고, 그 황소가 끄는 달구지에 숯과 땔감 장작을 싣고, 이른 새벽에 떠나 미아리 여각(旅閣)에서 주무시고, 이른 아침 미아리 고개를 넘어 돈암동에 가서 팔고 집에 오신다. 천규, 부재 등 몇 사람이 해 오는 나무를 사서 저녁에 실어 놓는다. 소도 포천 군내에서 제일 크고 힘센 놈을 부리셨다. 어머님은 매어 놓은 소를 끌어오시려다 받히셔서 고생하신 일도 있으시다. 이렇게 열심히 해서 논도 사고, 밭도 사고, 큰 마당에 채마밭도 있는 동순네 큰 디근(ㄷ) 자 집을 사서 이사했다. 집안 살림살이가 탄탄해진 것이다.

그러나 어찌된 일인가? 1950년 그해는 왜 그렇게 가물었는지, 모내기는커녕 못자리 물도 못 구할 지경이었다. 아침저녁 아버지와 맞타래박으로 물을 퍼 대도 점점 물이 말라 간다. 그러던 중 뒤늦게 6월 25일 비가 많이 왔다. 아버지는 소를 몰고 쟁기를 들어 논을 가셨다. 모내기할 일꾼은 얻을 맘도 못 먹는다. 저마다 모내기가 급한 탓이다. 마침 서울 작은아버님이 오셔서, 지금은 저수지에 수몰된 700평 논에 모내기를 했다.

점심때가 지나면서 짐을 잔뜩 짊어진 사람들이 하나둘 올라오더니, 그 숫자가 늘어 간다. 난리가 났단다. 인민군이 38선을 넘어 쳐들어온단다. 피란 가지 않으면 모두 죽는단다.

우리 동네 마치미에서 북으로 이십 리를 가면 포천읍이고, 제일고등학교 자리에 취부대가 주둔하고 있어서, 38선을 지키기 위해 무럭고개 넘어 영평 방면과 38휴게소 쪽 양문 방향, 양쪽을 지키며, 동두천에는 호부대가 있어 중부 전선을 지키는 것인데, 언젠가 포천시장엘 가보니 군인들이 총을 맞아 머리를 싸맨 사람, 다리를 처매고 쩔뚝거리는 사람, 들것에 실려 오는 사람들이 대오를 지어 지나가는 것을 보았는데, 어린 나이 눈에도 보지 말아야 할, 잊지 못할 참상이었다.

그런데 이번에는 38선에서 늘 있던 산발전이 아니고 전면전이라는 것이다. 인민군이 탱크를 몰고 쳐들어왔다는 것이다. 전부 피란을 가야지, 여기 있으면 죽는다는 것이다. 겁이 났다.

그러나 아버지와 작은아버지는 점심을 먹고 그 논 700평에 모를 다 내고 4시쯤 집에 와 보따리를 쌌다. 이제 떠나 봐야 얼마 못 가서 저녁이 될 터이니, 급한 대로 산으로 올라가자는 것이다. 능아골로 올라가 대호군 산소 등으로 올라갔다. 저 아래 보이는 길에는 피란민 행렬이 장사진을 쳤다. 얼마쯤 지났을까. 하늘은 검은 구름으로 뒤덮여 캄캄해지더니 비가 쏟아지면서 뻔쩍쿵! 뻔쩍 쿵! 우르릉 쾅쾅! 뇌성벽력과 함께 인민군 탱크가 포를 쏘면서, 서울 방향으로 올라가는 것이다. 비를 맞아 물에 빠진 생쥐가 된 우리는 안 되겠다 싶어 집으로 내려가서는 마루 밑에 가마니를 깔고 강아지처럼 기어 들어갔다. 우스꽝스러운 피란 행각이다. 다음날, 인민군은 국도를 따라 의정부를 점령했고, 지방도 부근인 우리 동네는 후퇴하는 국방군이 몰려오더니, 넉고개에서 농수로를 따라 쭉 엎드려 북쪽으로 총을 겨누고 있다가 또 후퇴하여 갔다. 나중에 안 일이지만 6·25에 참전한 육사 생도들이었다. 지금은 생도 참전비가 넉고개에 세워져 있다.

일주일이 지나니까 학생은 학교에 나오란다. 완장을 찬 사람들이 노래를 가르친다.

"장백산 줄기줄기⋯⋯."

바로 뒷집 용후네는 전쟁 중에도 신문이 온다. 낙동강이 어떻고 인천이 어떻고⋯⋯. 알아듣지 못할 소리를 한다. 그 집안의 복규 씨가 면 위원장이란다. 빨갱이인 것이다.

9·28 수복이 될 즈음에는 따발총을 멘 인민군이 보이고 예쁜 처녀들, 여대생들이 와글거린다. 월북인지 납치인지는 몰라도 북으로 가는 사람들이다. 쌕쌕이 전투기가 지붕 위로 몇 번 솟구쳤다가 겁만 주고 날아간다. 저녁에 인민군이 아버지를 붙잡아

갔다. 달구지에 짐을 싣고 가고자 함이다. 어머니와 호롱불 밑에서 밤새껏 떨며 한숨도 못 잤다. 아버지는 인민군에게 끌려 포천읍을 지나 무럭고개를 넘어서 영평 오가리를 지나서 한탄강을 건너고 강원도 동송면 금학산 기슭에서 밤을 새우게 되었는데, 소만 끌고 산속으로 도망을 쳤다가 며칠 만에 돌아오셨다.

수복이 되어서 청년대가 치안을 담당했다. 아버지가 끌려가던 날 저녁, 인민위원회가 주민들을 학살하려고 죽창을 만들어 놓고는 쓰지 못하고 도망갔다는 것이다. 끔찍한 일이다. 그동안 진짜 빨갱이는 도망갔고, 그 앞잡이들을 잡아다 총살을 한다. 마을마다 몇 명씩 죽었다.

우리는 그래도 6·25 피란 못 가고 모를 낸 덕에 추수하여 온 가족이 겨울을 나게 되었다. 그러나 북진하여 평양을 탈환하고 압록강까지 진격한 국군 앞에 중공군이 몰려왔다는 소식이 들렸다. 또 다른 전쟁으로 1·4 후퇴가 시작된 것이다.

이번에는 피란 계획이 미리 세워져 있었나 보다. 외아들을 먼저 서울에 사시는 작은집에 보내 놓고 여차하면 합류해서 떠난다는 것이다. 아버지 손을 잡고 송우리까지 걸어가서 화물차를 얻어 타고 짐 보따리 위에서 흔들리며 꼬불꼬불 축석고개 한길을 넘어 갔다. 전쟁 통에 파괴된 탱크와 트럭이 길 옆에 그대로 나뒹그러져 있는 것이 70여 대가 넘었다.

서울 구경을 처음 한다. 전깃불이 신기하기만 하다. 전차를 타

본다. 청량리, 동대문에서 서대문 영천으로, 마포 종점으로, 종로에서 돈암동으로, 왕십리에서 을지로, 노량진, 영등포 노선까지 구경하며 다 타 본다.

어느 날인가 마장동 비행장엘 갔다. 담 멀리서 정찰기를 신기하게 본다. 보초 서던 군인이 오라 하더니 개인호로 들어가란다. 간첩이라고 쏴 죽인단다. 총을 겨눈다. 물론 그 사람은 아이를 데리고 장난 좀 쳐 본 것이겠지만 촌닭이 모처럼 서울 와서 구경을 하다가 십 년 감수하는 혼쭐이 났다.

추운 겨울에 보리밥을 먹고서 체했었는지 이질을 심하게 앓았다. 그래서인지 늙어 지금까지도 조밥, 콩밥 다 좋아해도 보리밥은 싫다.

본격적으로 1·4 후퇴가 시작되었다. 아버지가 혼자 올라오시더니 빨리 가야 한단다. 어머니는 급하면 오얏말로 가서 합류하기로 했단다. 전차로 돈암동까지 왔지만 의정부 가는 차를 구할 수가 없어서 걷기로 했다. 미아리 고개를 넘어 창동을 지났다. 오느니 피란민이고, 거슬러 올라가는 사람은 우리뿐이다. 비상이라서 더는 못 간단다. 딘 소장이 포로가 됐단다. 옆으로 우회해서 동쪽으로 길을 잡았다. 지금의 동부간선도로 옆 지하철 기지쯤인가 보다. 어느 집에선가 자고 이른 아침 축석고개를 넘어 포천 방면으로 내려가는데, 동네 청년들이 향군이 되어 대오를 지어서 남쪽으로 피란을 가는 것이다. 어머님은 이미 오얏말로 가셨다는 것이다. 발길을 동쪽으로 돌려 이곡국민학교를 지나 광릉수목원 길로 들어섰다. 푸른 전나무가 하늘을 찌른다. 영화 촬영도 잘하는 곳이다. 세조대왕릉을 지나 광릉내에 다다랐다. 나는 아버지가 배고픈 자식을 위해 직접 구걸을 하는 모습을 보게 됐다. 몇몇 집을 거쳐 밥을 얻어서 허기진 배를 메우고, 남양주 진건면 오얏말에서 어머니와 합류했다. 오얏말 할머니 댁은 천규 고모가 시집간 곳이다.

다음날, 아버지는 소를 몰고 어머니는 그 옆을 따라 걸어가시는데, 아들은 무슨 '귀공자'라도 되는 듯 달구지 짐 위에 태우고 삐거덕삐거덕 시골길로 피란을 간다. 저녁 무렵 덕소에 다다랐다. 한강을 건너려 함이다. 소도 가고 달구지도 가고 사람도 피란 봇짐을 지고 얼음 위를 걸어서 강을 건너는 것이다.

그런데 아뿔싸! 우지직 소리를 내며 얼음이 깨졌고, 바로 앞에 가던 달구지가 물속으로 들어가고 소마저 빠졌다. 바로 뒤따라가던 우리는 기겁을 해서 달구지를 돌려 도로 나왔다. 대낮의 햇볕 아래에 하루 종일 많은 사람들이 건너가다 보니 얼음이 약해졌던 탓이다. 큰길로 나와 양평 방향 팔당댐 쪽으로 올라갔다. 이른 아침 양수리에서 건널 셈이다. 기찻길 밑 굴을 지나니 마을이 나왔는데 기와집에 두 사돈 할멈이 집을 지키고 있었다. 어머니는 피란 오던 사람이 소를 잡아 파는 것을 사서 간장에 졸여 피란길 밑반찬으로 가져오셨다. 소고기 장조림을 노인들에게 드리니 좋아했다. 덕분에 하룻밤 잘 보내고, 이른 아침 양수리에서 강을 건넜다. 지금의 하남시 벌판과 광주를 지나 용인 어느 마을에 들어가 잠을 청하는데, 밤중에 뎅거덩뎅거덩 소리가 요란하다. 중공군이 꽹과리를 치면서 쳐들어온다는 것이다. 자다 말고 일어나 또 길을 간다. 아홉 시쯤 되었을까, 경안읍이 가까워질 무렵 폭격기가 머리 위를 맴돌더니 쌩, 쾅, 쌩, 쾅, 드르륵드르륵……. 기관포로 경안읍을 폭격하는 것이다. 이 폭격에서 항규네 두 식구가 죽고, 찬규 아버지는 다리가 잘리어 평생 목발을 짚게 되셨다. 죽은 사람들도 많고 짐짝들도 이리저리 구르며 아이들 울어대는 소리로 아비규환이다. 큰길로 가다가는 안 되겠다 싶어 산속으로 들어갔다. 김량장이 20리 거리라 한다. 집이 네 채가 있는 산골의 어느 집 문패를 보니 이해성(李海成)이라 되어 있었다. 피란 간 빈집에 들어가, 있는 나무로 방을 데우고 발 펴고 자려는데 웬걸, 중공군들이 들이닥쳤다. 안방을 빼앗기고 윗방으로 갔다. 소대장쯤 되어 보이는 예쁘장하게 생긴 장교가 군인 몇 명을 데리고 와서 자고는 아침에 나를 부르더니 기둥에 붙어 있는 문패를 가리킨다. 자기네 나라 글이니까 아는가 물어보는 것 같았다.

"오얏 리, 바다 해, 이룰 성, 이해성!" 했더니 좋아한다. 사람이 나빠서가 아니라 전쟁이 문제다. 그들의 건빵인 듯한 딱딱한 보리 개떡을 한 움큼 받았다.

다음날 그들은 떠났고, '산속으로 피란 오니까 적들이 먼저 찾아오는구나. 안 되겠다.' 싶어 국도변 큰길가로 나와서 방을 구했다. 해소 천식을 앓고 있는지 타구를 옆에 놓고 기침을 몹시 하는 노인이 혼자 있는 집 건넌방을 얻어 들어가서는 다들 바로 잠이 들었다. 갑자기 '꽝' 하고 고막이 터지도록 집이 무너지는 듯한 소리에 놀라서 밖으로 뛰어나가 보니 사방이 깜깜하고 조용한 것이 무슨 일인지 도무지 모르겠어서 다시 들어가 잠을 못 이루고 있는데 또 '꽝' 하는 소리와 함께 집이 흔들렸다. 또 뛰어나가니 포탄이 앞마당에 떨어져 깊이가 한 길이 넘는 웅덩이를 파 놓았다. 날이 밝아서 보니 우리가 자는 방 한 칸을 두고 한 번은 뒤꼍에, 한 번은 앞마당에 포탄이 떨어졌건만 그 속에서 무사히 살아난 것이다.

아침이 되니 콩닥콩닥 소총 소리를 내면서, 미군들이 옆으로 일렬로 늘어서서 엎드렸다 일어섰다 하면서 전진해서 온다. 군속 아저씨가 양동이를 들고 와서 먹겠느냐고 물었다. 미군들이 먹고 남은 것이겠지만 참으로 맛있게 먹었다.

이렇게 중공군과 미군의 전진 후퇴 속에서 우왕좌왕하다가 미군이 한강을 건너 계속 전진 중이란다. 그리운 고향에 다시 찾아왔다. 그런데 전진하던 군인들이 또 후퇴한단다. 우리가 말하는 '봄 피란' 이다. 땅속에 묻었던 쌀 한 가마니마저 꺼내서 또다시 피란길을 떠난다. 겨울철 피란은 얼음 위로 강을 건넜지만 이번엔 봄인지라 미음나루로 가서 배로 강을 건너게 되었다. 쌀가마니를 배에 옮겨 싣다가 물에 적시었다. 두 동강이가 난 싸라기를 먹으며 광주를 지나 퇴촌 마을에 이르렀다. 어느 집 아주머니한테 허락을 받고 들어갔는데 나중에 주인 영감이 와서 안 된다며 나가라고 짐을 막 던진다. 사정사정해서 그날 밤을 보내고, 수원 쪽으로 가다가 전세가 호전되는 것 같으니 강가 창말이라는 곳에 가서 기다리기로 했다. 남한산성 자락 진흙벌에 논도 있었는데, 지금의 성남시이다. 피란민들이 들끓었다. 물이 귀해서 논의 뻘건 물로 밥을 짓고, 소금 반찬에 밥을 먹다가 어머님이 어디선가 간장을 얻어 오셨다. 간장이 그렇게 맛있는 줄은 예전에 미처 몰랐다. 입맛 없을 때 반찬을 보면 그때 그 간장 생각을 지울 수가 없다. 높은 사람이 와서 연설도 했고 구호품도 받았다.

전투는 철원, 김화, 평강의 삼각 지대에서 머물렀다. 낮에는 국군이, 밤에는 적군이 전진 후퇴를 하며 휴전 회담을 하면서, 조금이라도 유리한 고지를 점령하느라 치열한 전투가 연속됐다. 어느 날인가 앞 벌에 신병들이 잔뜩 왔다. 삼각 지대 전투에 보충병으로 들어가는 것이다. 배고프고 겁에 질린 사병들이다. 어머님은 두부를 해서 큼직하게 썰어 사병들에게 나누어 주셨다. 맛있게 먹는 모습을 보았다.

뒤에 들으니 이들은 전선에 투입되어 첫 전투에서 거의 전사

했단다. 오오! 6 · 25! 이 한국전쟁을 어찌 우리 잊으랴!

그렇게 승자도 없이 피해자들만 남게 된 우리나라의 슬픈 전쟁은 그렇게 서서히 정리되었다.

4. 나는 왜 떨어졌어요?—포천 중학교 입학

휴전도 되고 복교도 되었다. 학교 본 건물은 불에 타 소실되고 옆에 떨어져 있던 교실 하나만 남았다. 그래도 졸업반이라고 우리가 교실을 차지하고 아래 학년은 화산서원으로 가서 공부를 한다. 며칠 학교에 나가니까 졸업이란다. 가산국민학교 17회 졸업식, 졸업 사진도 없고 앨범도 물론 없다. 모조지나 갱지가 아닌 마분지, 그나마 새까맣고 얇은 마분지에 손으로 프린트한 손바닥만 한 것이 고작인 졸업장을 받았다.

얼마 전 동창회를 조직했다. 여자 따로 남자 따로였다. 남자 23명 중 몇 십 년을 지내다 보니 안호영, 이용배, 이상호, 윤강희, 이경수, 이산우, 이평휘, 최광균, 이용호 등 여러 친구들이 먼저 세상을 떠났다. 울산 사는 이귀공을 비롯해서 심재종, 이호석, 이강휘, 김부겸, 이강재, 조병팔, 이상춘, 이규인, 이강규 등 열 명이 모이면 100%이다. 중고교, 대학 어느 동창회보다 흉금 없는 모임이다. 이동호, 이홍우, 조현구, 김명재, 이상종, 유재복, 이돈종, 이백규, 박태환, 이성달 등등도 계속 같이 모이면 좋으련만……

나는 두 번째나 회장을 맡고 있다.

여자 동창회도 윤희순, 이부영, 신복순을 비롯해 7~8명이 모인다고 한다.

그때는 중학교가 구읍 향교에서 개교한 포천중학교와 광릉수목원 산속에 있는 광동중학교뿐이었다.

한 동네 사는 조○묵이는 생일은 4월 8일이고 나이도 동갑으로 나와는 단짝이다. 둘이서 오징어 한 마리씩 씹으면서 20리나 되는 구읍의 향교로 입학시험을 치르러 갔다. 큰 희망을 품고 말이다. 그러나 며칠 뒤 불합격이라는 결과가 나왔다. 나는 즉시 학교로 달려가서 선생님을 찾았다. 허 교감이신데, 큰 키에 안경을 쓰시고 위엄이 넘치는, 무서워 보이는 분이셨다.

그러나 나는,

"나는 왜 떨어졌나요? 국어를 잘못했나요? 산수를 잘못했나요?"라며 당돌하게 따지고 들어갔다. 교감 선생님은 시험지를 찾아보시더니,

"너는 학과 시험을 질못 치서가 아니라 신체검사에서 불합격이다."라고 하시며, 그 몸으로 이 먼 데를 어찌 다니려 하느냐며 포기하라신다. 물론 요즘처럼 교통수단도 없고 장애인들을 돌보

43

는 때도 아니었다.

"선생님, 다니고 못 다니는 것은 내가 해봐야 할 것 아닙니까? 체육 점수는 나쁘더라도 따라갈 수 있습니다." 떼쓰고 졸라서 결국 나는 입학식에 나갈 수 있었다.

호롱불 켜고 새벽 밥 먹고 출발한다. 밤 밭 동네, 황새메기, 메기안을 지나서 산 고개를 넘자면 해도 떴고 힘도 들어서 쉴 겸 양지쪽에 앉아 도시락을 반쯤 비운다. 피머리 청성국민학교를 지나 구읍 향교에 가면 이미 지각이다. 매일같이 지각 대장이다.

체육 교사 유봉렬 선생님은 대위 계급장을 달고 계신 교관이시다. 38선 교전 때 총상으로 한쪽 손을 잃으셨다. 체육 시간이면 반월산 정상 봉화대까지 학생들을 올라갔다 오게 하신다. 물론 나는 또 열외다. 그러나 학과목에서 만회해야 하는 것이다.

"잊지 말자 6 · 25!!"

원고를 써낸 것이 당선되었다. 전교생이 모인 운동장에서 웅변을 하는 것이다. 나는 국민 학교 5학년 때 담임이신 이효종 선생님의 웅변을 몇 번 본 터라,

"이 연사 외칩니다." 했더니 우렁찬 박수와 함께 1등상을 받았다.

1학년 말 시험을 치렀다. 입학시험에 떨어졌던 나는 당당히 우등상장을 손에 쥐었고, 어찌 학교엘 다닐 수 있겠느냐 하시던 허

교감 선생님께 격려의 칭찬 말씀을 들었다.

그때의 그 자신감으로 자서전 나부랭이도 쓸 용기를 가질 수 있었다. 물론 부족함 덩어리이지만……

5. '벼락 박사!'—광동중학교 전학

그런데 어찌된 일인가 머리카락이 동그랗게 빠지는 원형 탈모증에 걸렸다. 자고나면 한 움큼씩 빠지는 것이 귀 밑으로만 머리털이 남고 귀 위로는 목탁처럼 반질반질해졌다. 그래서 학교에서 '벼락 박사'라는 별명이 붙었다.

어머니는 온갖 약을 다해 주셨다. 쌀겨 기름을 내서 바르기도 하고 소고기 적에 무엇인가를 발라서 머리에 뒤집어씌우고 모자를 쓰게 하셨다. 수업 시간에도 모자를 못 벗는다. 냄새도 끝내 준다. 하여간 어머님 속을 골고루 썩여 드렸다.

광릉 입구에 미군 하사관학교가 있었는데, 그 의무실에서 약을 구해다 먹고 바르고 했다. 머리에 약 바르는 것을 사유로 전학이 허용되었다. 그래서 나는 광동중학교 7회 졸업생이 되었다. 그리고 광동 산림고등학교 3회생들과 동문이다.

포천 가는 길은 마찻길도 있고 소로이긴 하지만 광동 가는 길은 신작로이기 때문에 자전거 통학이 가능했다. 그러나 내게는 자전거 배우기가 그렇게 용이하지 않았다. 밤에도 연습을 했는데 아무리 뒤에서 잡아 줘도 넘어지기가 일쑤였다. 어려서 걸음마 배우기보다 더 어려웠던 것 같았다. 가산면에 사는 이한종, 이용극을 비롯하여 일곱 명이 자전거를 타고 일렬로 숲속을 달리던 장관 속에 나도 한몫했다. 가슴속까지 시원해진다. 그 시절 자전거는 모두 부러워했고, 학생에게는 재산 목록 1호였다.

그래서 나는 학교에 가면 자전거를 새릉에 있는 미숙이네 집에다가 보관한다. 미숙이는 칠공주 집 셋째 딸로 무척 예뻤다. 매일 미숙이 만나는 것이 즐거웠다. 점심시간이면 왕숙천 물가에서 도시락을 같이 나누어 먹으며 다람쥐 길들이기는 더욱 재미있었다.

기말 시험 때는 적굴의 왕순이 누이 집에 방을 얻어 홍규와 용극이 셋이서 자취를 하며 시험공부를 했다.

숲속 길가에는 몇 아름드리 되는 전나무들이 전란 통에 많이 죽었다. 이 나무 하나만 베어도 목재가 몇 차나 되어 학교도 짓고 숙소도 지었다. 봉선사 쪽에는 밭이 있어 묘목을 가꾸기도 했는데 풀 뽑기 시간에는 모두 요령을 피웠다.

국내 유일의 산림 고등학교이니 만치 애림 사상을 고취시키기 위해 방송국에 가서 노래도 했다.

앞 남산 뒷동산 누가 가렵다더냐.

왜 이리 갈퀴로 박박 긁어.

아리랑 아리랑 아라리요…….

제3부

내 꿈을 저 하늘에……<기독교>

1. 기독교에 심취되어—숭실 고등학교

중학교 2학년 영어 실력이 누구한테도 안 떨어진다고 자부했었는데, 마치미 우리 동네에 봉고차가 한 대 들어왔는데 차에다 'Presbyterian Misson(미국 북장로교 선교회)' 이라고 쓰여 있었고, 나는 그렇게 긴 단어를 처음 보았다. 무슨 뜻인가 궁금하고 호기심이 일어났다.

코 큰 미국 선교사가 김종석, 서기문 두 전도사를 파견하러 왔던 것이다. 묘지기 집 사랑방에 사람들을 모아 놓고 찬송가를 가르치고 설교를 한다. 전도하는 것인데, 모두 다 새롭고 처음 듣는 소리여서 호기심을 자극했고 흥미진진했다.

새 학기가 되자 두 분은 가시고 이용기 전도사가 오셨다. 평양에서 홀로 피린 오신 분인데 고학으로 신학을 공부하시는 분이셨다. 키도 크고 미남이신 데다가 핸섬하고 지적인 분이셨다. 올 때마다 우리 집에 머물게 되었으며, 그의 지도 밑에서 나는 공부도 하고 서울에 있는 큰 교회들과 남산의 총회 신학교도 가 보았을 뿐만 아니라 나는 교회에 깊이 빠져들게 되었다.

미국의 알지도 못하는 사람들에게 편지를 썼다. 우리 농촌 사랑방 교회가 너무 비좁아서 천막을 세웠으면 한다는 내용이다. 뼈대를 나무로 하고 군용 천막을 씌우는 그림을 그리고 16만 환이 필요하다고 썼다. 이 편지는 영어로 번역되어 미국으로 갔고, 무명인으로부터 돈이 왔다. 마을 이장인 이정규 씨가 나서서 자기 집 뒤 동무 뿌리에 천막을 세웠다. 십자가도 달았고 산소통을 구해다 종으로 썼다.

'대한 예수교 장로회 우금교회'는 이렇듯 소박하게 시작되었다. 교회가 자리 잡혀 갔고 천막 교회가 비좁아지기 시작했다.

마치미, 고인돌, 너베기, 궁말, 대대울, 다섯 동네의 중앙 지역에서 국유지인 임야를 찾아냈다. 다섯 동네 중앙 지역에 교회를 세우고자 기도했다. 헌금하고 곳곳에서 성금도 모아 목조로 교회를 세웠다. 헌당 예배도 드리고 성찬식도 거행했다. 그 조그만 케이크 조각이 입안에서 살살 녹아내린다. 좀 더 크게 해 주었으면…….

집사도 다섯 분이나 나왔다. 나는 주일학교 선생을 하다가 유년부장을 맡았다. 4~50명의 어린이가 모였다. 이 어린이 중에 이순문 군은 자라서 목사가 되어 울릉도를 거쳐 울산 지방에서 목회 중이다. 학교 못 가는 어린이들을 위해 성경 구락부를 개교하여, 학생들을 가르쳤다. 성욱자 선생님의 헌신 봉사가 컸다. 그 중에 남상림 학생은 커서 법무사가 되어 강남에서 사무장으로 일하고 있다. 그렇게 기독교에 심취된 채 광동중학교 7회를 졸업하고 고등학생이 된 나는 이용기 전도사의 권유와 주선으로 설의돈 선교사의 장학금을 받으면서 서울의 숭실고등학교에 입학하게 된다. 서울 용산 해방촌에 자리 잡은 숭실고등학교는 평양에서 월남한 학교로 숭의여고와 숭실대학을 합쳐 삼숭이라 했다. 교장 선생님은 김취성 장로님이시다. 촌에서 올라온 '선교사 장학생' 잘 봐주셨다. 졸업 후에도 몇 번 찾아뵈었다. 학교가 재건 중이라 건물의 기소 파는 일을 직접 학생들이 도왔다. 강당이 없어서 김찬호 목사님이 근무하시는 해방교회에 올라가 예배를 들였다. 영락교회, 새문안교회, 연동교회 등 큰 교회들도 찾아다녔다. 새문안 강신명 목사님, 영락 한경직 목사님과 점심을 같이 한 영광도 있었다. 신당동 중앙교회 학생회를 다녔는데, 목사님은 북한에서 결혼한 처를 두고 내려와서 다시 결혼했다고 총회에서 파면되었단다. 교회에도 이런 전란의 수난이 있었나 보다. 주말이면 종로 5가 선교회에 갔다. 설의돈 선교사님 댁에서 영어로 예배를 보고 2부 순서는 영어로 성경 공부를 한다. 설 목사가 보증을 서 주셔서 미국 문화원 공보부 도시실의 회원이 되었다. 시사 문제는 게시판에 나오기 때문에 신문이 나오기 전에 먼저 안다. 각종 도서를 일주간씩 빌릴 수 있었는데 쉬운 그림책이나 볼 실력밖에 안 되었지마는 친구들에게 폼 잡고 자랑하느라 원어 책을 한 권씩 들고 다녔다.

하교 길은 곧잘 전차를 안 타고 후암동에서 남산 중턱의 숭의 여고 앞으로 해서 장충동을 거쳐 신당동 집으로 간다.

지금도 알지 못 할 일이 하나 있다. 경복궁 앞에 중앙청이 있었는데 물론 옛 총독부 건물이다. 거의 12개 부처가 한 건물 안에 있었다. 초대나 안내가 있는 것도 아닌데 경비가 있었으련만, 무작정 시골서 온 학생 한 명이 두리번거리며 2층, 3층 복도를 횡보했다. 무슨 국장실, 무슨 장관실 등 어마어마한 문구가 감동적이다. 상상의 날개를 움직인다. 어찌됐거나 두근거리는 몸으로 중앙청을 견학하고 아무 탈 없이 촌닭이 빠져나왔다. 지금 생각해도 있을 수 없는 무모한 일이지마는 정말 스릴 만점이었다.

무식하면 용감하다고 했던가? 정말 아무것도 모르는 촌놈이 배짱은 두둑했었나 보다.

2. 빡빡머리 고등학생이—결혼식을!

    쌀도 가져와야 하고 속옷도 싸 와야 하기 때문에 한 달에 한 번 마지막 주말이면 시골집에 가려고 종로 5가 시외버스 터미널로 간다. 한 번은 깡패들에게 센터를 당했다. 골목으로 끌고 가서 가진 것 내놓으란다. 안 주면 매 맞고 빼앗기는 세상이다. 내촌까지 와서 6km를 걸어서 9시쯤 집에 도착했다. 낯선 마나님이 와 계셨다. 처음 보는 분이시다. 외가에서 소개를 해서 신랑 선을 보러 오신 것이다. 가볍게 인사만 드리고 윗방으로 가서 호롱불 밑에서 12시가 넘도록 공부를 했다. 일요일은 교회에 갔고 오후에 서울로 왔는데, 그 마나님이 두고 가신 처녀 사진 한 장!

    얼굴 한 번 못 본 처녀이지만, 복실복실한 예쁜 신붓감! 빡빡머리 고등학생 마음을 싱숭생숭하게 만든다. 흑백 사진을 사진관에서 컬러로 색칠을 했다. 패스에 넣고 틈틈이 본다. 싫지 않은 모양이지……

부모님은 쭈그렁밤송이 아들 하나 길러 서울로 유학 보낸 터라, 손자 안아 볼 생각이 급했던 것이다. 한 달 만에 초고속으로 결혼 날짜가 잡혔다. 까까머리 학생, 나이 18세! 1955년 12월 7일 수요일에 장가간단다. 미성년자가 말이다. 싫지 않았기에 따라 했겠지만 당시 연애만 해도 퇴학인 것이 교칙 아닌가? 박성수 담임선생님 댁엘 찾아갔다.

"저는 여차저차하고 이러저러해서 결혼을 하게 됩니다." 안 되는 일인 줄 알면서도 할 말이 없기에,

"주례 좀 서 주십시오." 했다. 참으로 어이없는 일이다.

"나는 모르는 일이니까 아팠었다고 결석계나 써 와라." 하셨다.

이용기 전도사는 내가 큰아들이라도 되는 양 바쁘다. 결혼식

준비가 한창이다. 주례는 설의돈 미국 선교사, 장소는 우금교회, 때는 1955년 12월 7일 10시. 청첩장 만들어 돌리고, 예복 맞추고, 병옥이 아버지 송일남 씨가 사주단자 넣은 함진아비로 신랑도 없이 처갓집엘 혼자 갔다 왔다.

드디어 결혼식 날, 하늘의 축복인지 날씨마저 춥지도 않고 화창하다. 이른 아침 화물 트럭에 혼수품을 바리바리 싣고, 신부와 몇 명이 왔다. 신혼여행용 차로는 선교사 덕분에 꽃송이 달고 색종이 늘어뜨린 지프가 준비되었고, 검은 양복에 나비넥타이 멘 빡빡머리 신랑이 하얀 드레스를 입고 하늘에서 내려온 천사 같은 신부와 나란히 지프를 타고 우금교회로 향했다.

인근 다섯 동네 사람이 다 모였다. 이렇게 시골에서 많은 사람이 모인 적도 없었을 것이다. 신식으로 결혼식을 하는 것이 처음이니까 말이다. 주일 학생 이인희와 이남숙이 연습한 대로 꽃바구니의 꽃을 날렸다. 조원묵과 김성도가 들러리를 섰다. 이용기 전도사가 사회를 보고 설의돈 선교사가 서투른 한국말로 주례사를 이어 갔다. 무슨 말을 했는지 모른다. 창문들을 활짝 열어 놓고 문밖에서 들여다보는 하객들이 더 많았다. 식을 마친 후 가까운 광릉 숲속 코스로 신혼여행 드라이브도 했다.

좋기는 좋았나 보다. 통돼지를 잡아 교회와 집에서 잔치를 하고 그 다음날도 동네 분들을 모아 이틀 동안 잔치를 했다.

첫날밤이다. 물론 전도사한테서 아들 낳는 법이라든가 인생 설계까지 교육을 받았다. 건넌방은 도배도 깨끗이 하고, 소 한 마리 팔아서 만들어 온 고급 혼수 장롱도 번듯이 놓였고, 원앙금침도 찬란히…… 신혼 방이다. 게다가 술상도 촛불도…….

교육받은 대로 술도 한잔, 신부는 입에만 살짝 대고 만다. 그래도 용감하게 신부 머리의 족두리를 벗기고, 저고리 옷고름을 잡아 당겼다……. 더 벗기려니 쑥스럽다. 그 이상은 용기가 나질 않는다.

"당신이 벗으시오. 나는 내가 벗을 테니……."

촛불을 끄란다. 불을 끄니 문창호지 뚫는 소리, 찢어지는 소리까지 들린다. 키득키득, 밖에서 난리들이다.

고단도 했고 안 마시던 술에 취했던지 그냥 골아 떨어졌다. 신부는 어떻게 밤을 지냈는지도 모른 채…….

3일 후 신행으로 처갓집엘 갔다. 송우리까지 6㎞를 걸어서 버스를 타고 의정부를, 또 버스로 동두천까지 가서, 다시 미니버스를 타고 광암리 턱거리로 갔다. 미군들이 득실거리고 양 색시들이 많았다. 그곳을 지나 마을로 올라가 보니 큼직한 '미음(ㅁ)' 자 집이 검은 돌계단 위에 쳐다보인다. 계단을 올라 들어가 보니 사람들이 많다. 장인, 장모, 할머니, 처형, 처제에 국민학교 가방을 멘 학생이 처남이란다. '저 녀석하고 잘 사귀어야 하겠군.……'

처녀 도둑을 맞았단다. 청년들이 많이 몰려왔다. 신랑을 달아매야 한단다. 두 발을 묶어 둘러메고 대추나무 다듬이 방망이로

발바닥을 두들긴다. '아야야' 소리에 장단을 맞춘다. 공부하는 학생이 신랑되어 온 것이 아니꼬워서인가 봉투 하나를 내민다. 영어도 아니고 한글이 한 글자도 안 섞인 한문 편지다. 얼마나 아는가? 하는 일종의 테스트다. 서술하고 요점은, '내일 몇 시에 어느 술집으로 나와라. 아니면 금수만도 못한 무학(無學)한 놈이 다.' 라는 내용이다. 그 술집이 어디냐고 반문하니 얘기를 끝낸 다. 뜻을 알아보았기에 테스트는 무난히 넘어갔다.

결혼 일정을 끝내고, 술과 음식을 들고 담임선생님 댁을 찾아 갔다. 선생님 시키신 대로 아팠었다는 내용의 결석계를 제출했 다. 선생님의 깊으신 아량과 축하와 격려의 말씀을 평생 못 잊는 다. 그렇게 인정이 통하는 시절이 있었다.

이후부터는 한 달이 아니라 격주로 집엘 간다. 예쁜 내 색시 보고파서……

숭실고등학교 졸업장을 들고 집에 갔다. 부모님과 색시와 같 이 큰 마당 대추나무 앞에서 사진을 찍었다.

처갓집 얘기를 더해 보자.

조상 어느 할아버지가 한양에 가서 대과에 합격 후 돌아오시 다가 강에서 배가 뒤집혀 돌아가신 후 벼슬길이 끊어졌단다.

6 · 25 전쟁 이전에는 석유 보일러기 없고 오로지 땔나무 해다 가 방을 데우는 온돌방이었다. 이 온돌방은 필수적으로 구들돌 을 깔게 되는데, 전국에서 동두천 돌이 제일 유명하고 잘 쓰였

다. 그런데 이 구들돌은 오직 처갓집 산에서 나온다. 많은 돌쟁이들이 와서 구들돌을 뜨고 그 양에 따라 산주에게 대금을 지불하게 되니 광암리 턱거리에서는 제일 부잣집이 되었다. 뿐만 아니라 일군들이 늘 술을 들고 찾아오는 바람에 장인은 술독에 빠지게 되었다. 늘 취중에 계셨으며, 어느 날인가 돌아가셨다는 기별을 받고 부랴부랴 거상(居喪)을 해서 처갓집엘 가 보니 장인이 살아 누워 계신 것 아닌가? 돌아가신 분이 사위 올 무렵 거짓말처럼 다시 눈을 뜨신 것이다. 몇 시간을 모신 후 다시 술을 찾으신다.

장모님은, 술이 그리워 못 가신 모양이니 술을 드리자 하신다. 얼마 마시지도 못하시고 임종을 보게 하셨다. 결국 술로 끝나신 분, 제삿술로 이어지게 하셨다.

장모님은 전형적인 농촌 여인네로 그 많은 전답 다 가꾸시며, 쉴 줄 모르고 일에 묻혀 사셨다. 그 딸도 어머니를 닮았나 보다.

〈처남 이윤상〉

처남 이윤상. 착한 사람! 6대 독자 귀한 아들로 태어나 귀엽게 자라서 어려움을 모르던 사람! 아들이 귀한 집안이라 일찍 장가 보내서 딸 인숙이 하나에 큰아들 우섭이, 그 밑으로 재섭이, 영섭이가 모두 장가가서 일찍이 젊은 할아버지가 되었다. 가세가 기울어 젊어 한때는 사우디아라비아에 철근 기술자로 가겠다고

하기에 비용에 쓰라고 송아지 한 마리를 준 적도 있다. 그는 우
리 체육관 짓는 공사 때 와서 철근 공사도 했다. 그는 사진 기술
이 있다. 우리는 처남, 처제, 동서들과 한데 모이기를 좋아했고,
여행을 즐겼다. 동으로 울릉도와 동해안, 남으로는 제주도와 마
라도를 비롯해서 보성, 여수, 완도, 통영, 거제, 한려수도와 땅끝
해남까지, 서로는 흑산도, 홍도를 비롯해 영광, 부안, 격포, 새만
금, 서산 간척지, 태안, 안면도 꽃 박람회는 물론 만리포, 천리포,
백포해수욕장, 대부도, 오이도, 월미도, 강화도를 관광하고 북으
로 백령도까지……. 내륙은 전국 각 곳을 누비고 다녔고, 홍콩과
북경, 만리장성까지 늘 몰려다녔는데 이때마다 처남은 사진 기사
였고, 사진으로 추억 거리를 남겨 주었다. 그렇게 우리는 추억을

쌓았다. 그러나 폐암을 얻어 이기지 못하고 처남이 먼저 갔다.

야속한 사람! 추억을 더 많이 만들어 놓을 걸…….

〈큰 동서 목명근〉

큰 동서 목명근. 그는 키도 크고 호남형에 장구도 잘 치고 소리도 잘 해서 놀이판에선 단연 타의 추종을 불허한다. 철도 공무원으로 직장을 은퇴하신 분이 환갑을 보내신 뒤 타계하셨으니 내가 맏사위가 된 셈이다.

처형은 자애로우시고 동생들을 좋아하신다. 여행도 함께 하고 모일 때마다 오셔서 게임도 함께 하신다. 아들 목영길은 대우그룹 중견 사원이고 딸 영옥이와 영복이가 있다.

〈처제 이춘봉〉

밑의 처제 춘봉이는 정도 많고 붙임성도 많은 여인인데 동두천 버스 기사 이종필과 결혼했다. 그는 나보다 한 살이 위이지만 처갓집 항렬에 따라 나를 깍듯이 형님이라 부른다. 동두천 버스, 서울행 버스, 일양약품 버스 등을 운전한 베테랑 기사이다. 깔끔하면서도 호방하여 돈만 있으면 좋은 곳에 쓴다. 큰아들 형우는 자영업을, 둘째 선우는 국민은행에서 중책을 맡고 있으며, 딸 정소도 출가하여 잘 산다.

〈막내 처제 이춘옥〉

막내 처제는 김지일과 결혼했다. 체구는 아버지를 닮아 작지만 실수 없고 뜻이 깊은 사람이다. 그의 아버지는 왜정 때 독립군이셨다. 만주 벌판에서 말을 달리며, 소래 선생 휘하에서 조국 광복을 위해 고생하시었다. 막내 동서 김지일은 글재주도 있어서 연천군 문인협회 회원이며, <연천문학> 등 여러 곳에 기고했다. 그의 아들 광식이가 성장해서 결혼을 할 때는, 나는 대진대학교 경영대학원 졸업 여행을 베트남으로 가기로 됐는데, 이모부인 내가 졸업 여행도 포기하고 주례를 설 수밖에 없었다.

송덕진 씨 아들 송병환군을 비롯해, 이용민 씨 아들 이특순, 그리고 이용탁 씨 아들 이각순 결혼식 주례에 이어 네 번째로 서는 것이었다.

신랑은 대학을 졸업하자 삼성그룹 계열사에 입사했고, 키도 비슷한 초등학교 여교사님을 신부로 맞게 된 것이다. 두 내외가 부모에게도 효도하고 동생들도 잘 돌보고 있다.

3. '계명학교' '전도사'—피어선 고등성경학원

숭실고등학교를 졸업하고, 남산에 있는 총회신학교에 입학하기를 희망했다. 목사가 될 목적으로 늘 가 보던 곳이기도 하고 그동안 종교 생활을 하면서 그렇게 기도했었다. 돌봐 주시던 설의돈 선교사님은 안식년을 맞아 귀국하셨고, 곽안전 선교사님께 추천서를 받으러 갔다. 곽 선교사께서는,

"목회자의 길은 단순히 생각할 일이 아니다. 시간을 두고 기도해 보는 것이 현명하다."는 지론을 펴셨다.

알렌 선교사의 아들로 대대로 목사인 그가 체험해 보았으니 하는 권고이리라. 자기가 교장으로 있는 피어선고등성경학원에서 부부가 같이 공부해 보고서, 그때 신학교엘 가라는 것이다. 학교 등록금, 기숙사비 등은 자기가 장학금으로 대 주겠다는 것이다. 할 수 없이 우리 부부는 이 학교에 입학하여 기숙사 생활을 하게 됐다. 신부는 금단의 문인 여자 기숙사! 남자인 나와는

원치 않는 별거를 하게 되었다. 신부는 일반반, 나는 특별반에서 성경 공부에 열중했다. 그래서 나를 아는 모모한 분들 중에는 내가 신학교를 졸업한 줄로 아는 이도 많이 있다.

김포 검단면 이영자는 오빠 동생 하잔다. 우리 집에도 왔었다. 후일 등촌동 새마을 연수원에서 부녀회장이 된 그녀를 만났었다. 김홍기, 이은종은 동생처럼 지냈다. 동생이 없는 나에게는 반가운 일이었다. 대성리 사는 신용철은 모범적인 기독교 가정에서 공부하러 왔다. 여러 번 그 집에 가서 대접을 받았다.

〈계명학교〉

한글 계몽 운동. 지금도 문맹자가 없지는 않겠지마는, 전란 후 수복된 때에는 문맹자가 많았다. 낫 놓고 'ㄱ자'도 모르는 사람 말이다. 무명옷조차 못 입고 벌거벗은 채 뛰어 노는 어린이들을 많이 볼 수 있었다.

종로에 있는 기독교 서점에 들러서, 한글 첫걸음 교과서 100부와 한글 괘도를 사 왔다. 청량리 답십리교회에 한글 배울 아주머니와 할머니가 28명 모였다. 저녁이면 가서 가르친다. 하나하나 깨달을 때 재미있다. 그 기쁨은 학생보다 선생이 먼저 느끼는 보람이다.

시골 고향에 와서 가산면 면장님을 방문 했다. 방축리 사시는 이범만 면장님이시다. 우금리 마치미에서 한글을 가르치고 싶다고 했더니, 칠판과 분필, 공책, 연필 등을 마련해 주신다. 지금 만순 씨네 옛집이다. 용암이네 건넌방과 사랑방에서 한글을 가르쳤다. 동네 동갑내기인 이중규와 조원묵을 선생으로 세워서 말이다. 이○모를 비롯한 많은 이들이 한글을 깨우치고 문맹의 벽을 넘어섰다.

나는 그때 가르치는 즐거움에 빠져 있었고 사랑과 함께 하는 행복함도 배웠다.

〈전도사〉

광주군 곤지암리에 개척 교회가 세워졌다. 선배가 맡았다. 나는 하계리 개척 교회를 나갔다. 할머니 집사 한분이 있어서 사람들을 모은다. 양복에 중절모에 가방 들고, 할머니하고 전도를 하는데 좀처럼 어려운 일이 아니었다.

동두천에서 온 김경하 친구가 동성교회 여전도회에서 교회를 개척하려는데 함께 가잔다. 동두천 서쪽 10리 밖 상패리, 하패리, 창말 등지를 아우르는 곳이다. 상패리의 사랑방을 하나 빌리고 마을 사람들을 모은다. 상패국민학교 교장 선생님이 호응하셔서 큰 힘이 되었다. 천막을 세우고 산소통과 십자가를 달았다. 그때는 그 일이 전부였다. '성은교회'이다.

주일학교, 청년회, 일반 성인들이 모인다. 예배 때마다 장소가 협소하다. 이때 주일 학생이 커서 후에 장로가 되고 번듯한 교회에서 목사님을 모시고 있다.

열심히 기도하고 설교를 준비하고 새벽 기도도 한다. 주일 설교에 등단하려면 설교 전에 열심히 기도를 해야 한다. 전도사, 목회자에게 이 얼마나 중요한 시간인가! 하늘의 메신저로서 은혜가 전달되어야 한다. 더구나 나는 이 시련과 훈련을 겪고 목사가 되려는 사람이 아닌가. 애타게 은혜를 갈망하고 기도하고 등단한다. 준비한 대로 서론과 전개를 하고 본론을 강론한다. 힘이 솟고 은혜롭다는 것을 본인도 느낀다. 교인들의 반응을 읽을 수 있다. 그러나 이제는 결론을 맺을 시간, 끝을 맺어야 할 시간인데 왜 갑자기 냉랭해지고 싸늘해지는지…….

나는 양심적으로 가누질 못할 마의 시간이다. 메신저로서 내 일을 내가 하는 게 아닌데, 인위적인 연설자, 인위적인 웅변자가 아니었던가.

아마도 주의 종으로 택함을 받지 않고는 할 수 없는 것 아닌가? 부흥회도 가고 산상에도 갔으며, 철야 기도도 해봤다. 번민이 점점 더 커진다. 나는 목사가 되어서는 안 되는 것인가? 차라리 선생이 되어서 사회봉사 하는 것이 어떨까…….

그래서 곽안전 선교사는 신학교 추천서를 써 주지 않고, 돈을 들어 가며 공부시켰나 보다!

제4부

이런 선생님……<사회봉사 3년>

1. 세상의 학문—서울 문리 사범대학

피어선고등성경학원을 그만두고 집으로 내려왔다. 대학 입시 준비 공부를 하기 위함이다. 한 달 남았으니 급했다. 좋은 대학은 자신이 없고 서울 문리 사범대학 사회생활과를 목표로 정했다. 중학교 2급 정교사 자격증이 수여되는 학교이다.

사생결단의 각오 아래 한 달 동안 주야로 책을 뒤적였다. 드디어 대학교 입학시험, 나는 그때 답을 못 썼던 문제 하나를 기억한다. 판소리에 대해 나왔는데 듣도 보도 못한 문제였기에 아직도 잊히지 않는다.

다들 실력이 없었는지 요행히도 합격 통지서가 내게 날아 왔다. 우금교회 황봉숙, 황정자, 성욱자 선생 등이 축하해 주어 광릉 숲속 길을 손잡고 거닐며 청운의 꿈을 길렀다.

아버님은 검은 돌 옥답 논 1,000평을 아낌없이 파셨다. 자식 공부 시키려고……. 나는 그 돈으로 대학을 가는 것이다. 장학금을 받고 있는 신학의 길, 목사의 길을 버리고서 말이다. 하늘에 두었던 허황된 꿈을 접고, 땅에서 태어나 땅에서 살다 땅으로 돌아가는 인생! 사회에 이바지하며, 부모님 모시고 땅에서 살리라.

고등학교 때는 작은집에서, 피어선에서는 기숙사에서 장학금으로 걱정 없이 지냈지만 일반 사범대학에 들어갔으니 기숙할 방법이 마땅치 않았다. 하숙비가 만만치 않으니 말이다. 마침 퇴계원 사릉 지구에 무주택자 난민촌이 생긴단다. 송산에 사는 그 책임자를 늦게 찾아가 밤새도록 졸라서 어찌됐거나 구호 주택 티켓을 하나 받아서 내 평생 처음으로 이강규 문패가 달린 집을 한 채 마련했다.

일찍 혼자서 밥을 해 먹고, 퇴계원에서 기차를 타고 서울역에서 내려 남대문을 지나 좀 더 걸으면 우리 학교다. 신이 났다. 그래도 무엇이 되려는지 희망이 생긴다. 보이지 않는 신의 종 노릇 하려고 구속, 예속되는 것보다 세상 학문하는 것이 마음 편하고 희망이 보이는 것 같았다. 퇴계원교회의 얼굴이 동그랗고 예쁜 여학생이 갖다 주는 도시락 반찬은 더욱 맛있었다.

5·16 군사 쿠데타가 일어났고, 남대문에 들어서니 탱크들이 늘어섰는데 군인들이 교문에까지 보초를 서고 있었다. 대학교도 달라졌다. 그동안 자유복이었지만 교복과 교모를 착용하게 되었다. 검은 제복에 챙이 달린 사각모를 삐뚜름히 쓰고 아침 등교를 하는데, 학생처장이 잘 어울린다고 했다.

첫해는 신입생, 다음해는 졸업반이다. 열심히 해도 따라가기가 힘들었고 점점 어려워져 갔다. 등하교 시간조차 아쉬워서 시간을 아끼느라 학교 근처에서 자취를 하기로 했다. 여주군 신둔면 사는 김학용과 광주군 낙생면 우체국장 아들인 이상희와 함께 방을 구하러 다니다 북아현동 산마루턱까지 올라갔다. 아주머니도 좋으시고, 할아버지도 좋으시고, 그 집 아들 행년이는 말 잘 듣는 착한 학생이다. 저 아래에서 물지게로 물을 길어 와야 하는 곳이다.

사흘에 한 번씩 식사 당번이 바뀐다. 집에서 가지고 온 호박고지를 길게 입에 물고 앉아서 공부하는 것이 가관이었다. 새벽에 소변보려고 밖에 화장실 가다가 쓰러졌다. 얼마쯤인가 지나서 정신을 차리며 담벼락을 잡고 일어나려다 또 쓰러졌다. 그러길 몇 번이나 했을까? 새벽 기도 갔다 오시던 할아버지가 보시고, 웬 젊은 놈이 술 처먹고 쓰러졌나 싶어 다시 보니 나였다는 것 아닌가? 세상에 말로만 듣던 연탄가스 중독이었다. 안방에다 끌어다 누이고 아주머니가 동치미 국물을 퍼 먹였다. 멋도 모르고 자던 나머지 두 사람도 다 끌어내서 같이 살렸다. 난 참으로 명이 긴 놈인가 보다.

어느 날 아침에 일어나 보니 싱희가 없어졌다. 어디 다녀오겠지, 생각했는데 등교 시간이 되어도 소식이 없어 둘이서 학교엘 갔는데 오후 강의가 끝날 때쯤에야 나타났다. 창경원에서 산업

박람회가 한창이었는데, 어젯밤 돼지꿈을 꾸고는 창경원에 복권 사러 갔었다는 것이다. 우리 삼총사는 졸업 후에도 교류는 지속되었고 대소사에 서로 다니게 되었다.

시간은 흘러 신축 개관된 세종문화회관에서 우리 대학교 졸업식이 거행되었다. 아버지, 어머니, 작은아버지, 조카들과 집사람이 축하하러 왔다. 이용기 목사는 사진 기사 노릇을 했다.

정말 열심히 살자. 정말 열심히…….

2. 교생 실습을!—풍문여자중학교

풍문여자 중학교! 옛날 궁중 여인들을 교육하던 곳.

연세대 교육학과 졸업 예정자 8명과 서울 문리 사범대학 졸업 예정자 8명이 함께 교생 실습을 하게 되었다. 모두 여러 사람 앞에 서는 것이 처음인지 어려운가 보다. 교회 활동을 많이 한 것이 도움이 되었는지 내가 두 대학교를 대표하여 모범 수업을 했다. 3학년 2반 이백합자 담임선생님께서,

"어떻게 그렇게 잘 가르쳐요? 우리 선생님들도 못 따라 가요." 하신다. 학생들의 인기가 배가 아픈가 보다. 교장 선생님께서는 아예 한술 더 뜨신다.

"대학교 졸업하고 우리 학교에 와 주시오……" 듣던 중 반가운 칭찬이시다.

군사 정권 시절이라 군대들의 세력이 대단하다. 데모하다가도 군에 끌려가고…….

그나저나 남들은 젊어서 3년간 국방의 의무를 다 하기 위해 몸 바치는데, 지체 장애자로 신체검사에서 병역 면제를 받았지마는 나도 내 인생의 한 토막 3년을 국가와 사회에 봉사해 보자. 그런 후에 내 일을 위해 살아가리라는 결심을 했고 생각 끝에 해방교회 김찬호 목사님을 찾아갔다.

그 목사님은 권세열 선교사와 함께 전국의 성경 구락부를 관장하며, 초등부와 중등부 성경 구락부를 이끌고 계신 분이었다.

김 목사님이 하계 지도자 교육을 받으라고 하셔서 강원도 북평의 교회에 모여 숙식을 하며 교육을 받았다. 저녁이면 파도 소리 들리는 모래밭 옆 비행장 활주로에 눕는다. 낮에 데워진 지열로 따뜻한 것이 좋았다. 파도 소리를 배경 음악으로 깔고, 밤하늘 별을 세며 내일의 꿈을 꾼다. 나를 위한 내 일을 하기 전에 사회봉사로 불쌍한 학생들을 위해 3년을 바치리라 다짐했다. 김찬호 목사님께서,

"교육이 끝난 후 어느 곳으로 파견되는 것보다, 자기가 구로동에 교회를 개척하고 있는데 거기에 와서 중등 성경 구락부, 즉 중학교를 세워 봐라."고 하셨다.

3. 사회봉사 3년―점진 중학교

구로동은 박정희 군사 정권이 청계천을 복개하고 고가도로를 만드느라 청계천 주변을 철거하며 주민들을 이주시키기 위해 구로동 딸기밭에다 공영 주택, 구호 주택, 일반 주택을 급히 짓는 바람에 도로 포장도 안 된 진흙 밭이어서 마누라 없인 살아도 장화 없인 못 산다는 곳이었다. 구호 주택은 부엌이 따로 없어서, 문 앞에다 솥을 걸고 밥을 하다가 반찬을 하려고 안으로 들어간 사이 누군가가 뜨거운 솥째 들고 훔쳐 가는 판국이었다.

구로동교회는 구로 2동 서쪽 끝 경부선 열차가 달리는 기찻길 옆 작은 언덕에 지어진 흙벽돌 교회로 방 하나, 주방 하나 달려 있는 것이 고작이었다.

4월 1일로 입학식 날을 정해 놓고, 가가호호 찾아다니면서 중학교 못 간 학생들을 모집한다고 선전했다. 200여 명의 많은 학생들이 몰려왔다. 우리가 수용할 수 있는 인원은 50명뿐이라 어쩔 수 없이 선발 절차를 거쳤다. 학과 시험은 생략하고 면접을 본 후, 길에서 100m 달리기를 시켰다. 형식이지만 공짜나 무료는 가치를 덜 하게 하므로 무언가 마음이나 정신을 가다듬게 해야 한다. 학비도 있어서 매월 500환, 밥 세 그릇 값이다. 그것도 부담 가는 학생이 있었지만, 무료 공부라는 이름은 배제했다. 청계천 6가 헌책방에서 교과서를 수집했다. 칠판과 분필은 교회에서 마련했다. 최동석, 전봉근, 이완영, 김시경, 이진영 선생님들이 수고해 주셨다. 무보수로 헌신 봉사하는 것이 고마울 뿐이다. 이진영 선생님은 후에 우금교회에서 하계 성경 학교도 이끌어 주시고 전봉근 선생은 대학 졸업 후 이곳의 1회 졸업생인 이향자와 결혼하여 행복하게 살고 있다.

건물에 붙어 있는 방 하나가 낮에는 사무실이고 밤에는 숙직실 겸 내 숙소이다. 어느 날인가 아침에 일어나 보니, 벽에 걸어 놓은 옷이 없어졌다. 창문 틈으로 갈고리를 넣어 벗겨 간 것이다. 학생들은 등교하는데 단벌 신사라 옷이 없어 이불 속에서 일어나지를 못했다. 결국 최동석 선생이 출근했다가 다시 집에 가서 헌옷을 가져다주어 얻어 입은 옷차림으로 수업을 진행했다. 대학 때 학생처장이 어울린다던 사각모까지 전시용으로 걸어 놨다가 함께 잃어버려서 무척 아쉬웠다.

집에서 쌀을 갖다가 자취를 했다. 상연이, 숙천이, 정숙이, 영숙이 등이 돌아가면서 밥을 짓고 반찬을 챙겨 준다. 될성부른 나무는 떡잎부터 알아본다더니…….

음악 콩쿠르 대회, 모의국회도 했다. 모의재판! 한 달 동안 학교생활 규칙을 정해 놓고 잘못한 사람을 적발, 기소하여 변론, 재판하는 실제 재판과 같은 형식이다. 검찰이 뽑히고 변호하는 변호사가 뽑히고 판사도 단독 재판이 아닌 다섯 명 복수를 두었다. 두꺼운 판지에 검은 칠을 하여 모자를 만들어 씌우고, 검은 보자기를 망토로 두르게 했다. 이때 판사 역을 맡았던 한기찬 군은 훗날 고등학교를 거쳐 중앙대학교 법학과에 들어가 사법고시에 합격하여 지금은 변호사를 개업하고, 법률 여행 등 저서도 여러 권 냈을 뿐 아니라, KBS 방송에도 여러 번 출연하더니 서울 양천구에서 국회의원에 입후보했다. 한 번은 고시 공부를 하러 절에 가 있다가 내가 있는 시골을 찾아왔다. 자기는 공부하느라 여념이 없는데, 점진중학교 한 반에서 공부했고 당시 이화여대에 다니던 장명희 양이 자꾸 시간을 뺏으려 한단다. 그러니 안심하고 참고 기다리라, 이해시켜 달라고 내게 부탁이다. 훗날 이 두 사람은 결혼해서 아이들도 잘 기르고 있다.

가을 들녘, 지금의 구로 3공단 지역이다. 기찻길 넘어 안양천을 낀, 광명리, 철산리 학생들이 걸어오는 논벌이다. 추수가 끝니 이삭줍기를 하니 쌀이 서 말이나 나왔다. 추수감사절 떡을 했다. 학생들은 조금씩 먹고 각자 들고 가게 했다. 집으로 가지고 가든지 누구에게 주든지 말이다. 학부형들이 친절했다. 논을 사라는 것이다. 포천 땅 두 평 팔면 한 평은 살 테니, 그것이 전망이 좋다는 것이다. 사실 나는 그보다 건너편 광명리 돌산이 탐났다. 지금의 광명시청 자리와 길 건너 산까지 말이다. 한 평 팔면 열 평은 살 수 있었다. 논을 샀던지 산을 샀던지 했으면 부자가 됐을 텐데……

해가 바뀌어 1학년은 2학년이 되고 신입생을 맞았다. 산을 깎아 내려 터를 닦고 천막 교실을 만들었다. 학교 기반이 서면서 복잡해지고 선생님도 많이 필요했다. 고려대학교엘 가서 봉사자들을 청한다. 이 교실 저 교실 다니며 정신없다. 그래도 공휴일이면 학생들을 데리고 관악산, 인왕산, 소요산도 오르고 우이동에도 갔다. 안양천에서 낚시도 가끔 했다. 김시경 선생에게 실연당한 하 집사 딸은 첩이라도 좋으니 같이 살자고 떼쓰기도 하면서……

또 해가 바뀌어 3학년도 생기고 천막 교실도 둘이다. 어떻게 하면 정규 학교를 만들 것인가? 학교 발전이 고민이다.

도산 안창호 선생님의 조카 따님 두 분이 월남해 계셨다. 언니 안맥결 선생은 경찰관으로 경찰 전문학교 교수님이시다. 돈암동 집엘 가 보니 대문 문지방이 썩어 무너질까 걱정될 만치 청렴하시다. 동생 안성결 선생님은 나라에서 지어 준 안암동의 조그만 집에서 혼자 살고 계셨다. 흥사단도 있을 뿐더러 존경하는 분이기에 찾아뵙고 혼자 사시면서 무엇을 하시겠냐, 후진 양성을 위해 도산 선생님의 고결한 뜻을 이어 보라 했더니, 쾌히 승낙을 하셨다. 마침내 구로동 성경 구락부의 학교 간판을 바꿨다. '점진중학교' 지금은 보잘것없어도 점점 나아가자는 뜻이다.

교장은 안성결 선생님! 나는 교감이다. 학교 재단을 구성하기 위해 여기저기 같이 다닌다. 한 번은 말죽거리를 갔다. 한강 다리, 흑석동을 지나 빙글빙글 한 시간 만에, 황해도지사님 집을 방문했다. 이 양반은 나를 어떻게 본 것인지 약관에 좋은 일 한다면서 그의 따님이 이화여대 메이퀸(May Queen)인데 나를 사위 삼았으면 좋겠단다. 기혼자인 줄은 모르고……. 그때만 해도 인물은 쓸 만했나 보다.

제3 한강교가 생긴단다. 포천 땅 여덟 평이면 강남 땅 한 평을 살 수 있었다. 강남 부자가 될 수 있는 기회인데 나하고는 연이 없나 보다. 그저 땀 흘려 열심히 일하고 살아야 부자가 되려나 보다. 예부터 근자 소부(勤者小富)라 했거늘…….

1회 졸업이 가까워진다. 정규 공인 학교가 못 되는 만큼 중학교 졸업 국가 검정고시를 봐야 한다. 장소는 인천 주안……. 벌벌 떠는 학생들에게, 성공에 이르는 사다리가 될 것이라며 달래고 희망을 준다. 시험을 보고, 그 자리에서 수학여행 겸 졸업 여행을 강화도로 가겠다고…….

기차를 타고 주안에 가서 검정고시를 치르니 마음이 가벼워졌다. 이제는 여행이다. 졸업 시험 축하 겸 수학여행을 떠난다. 연안 부두에 가서 배를 타니 다들 즐거워한다. 강화도 초지에서 내렸다. 숙소로 예약된 곳은 초지 장로교회! 어머님들의 친절 봉사가 대단하다. 갯벌에는 작은 게가 많았다. 그 조그만 게로 담근 게장은 왜 그렇게 짜던지…….

다음날, 전등사를 찾아 문화재를 관람하고 마니산엘 올랐다. 전국 체육대회 때면 성화를 붙이는 곳 말이다. 그리고 인삼도 보고 화문석 돗자리도 보았다. 접경 지대 북쪽 하늘, 분단의 강 건너를 바라본다.

생각나는 대로 학생들의 이름을 적어 본다. 지금은 모두 어떻게 지내는지 궁금하다.

〈제1기생〉

권홍수 김봉환 김용식 김인호 김정삼 김종환 김혁조 민규식 민병학 민종식 박문기 박상건 박지탁 백종섭 서창휘 성두영 손윤길 염금열 유남식 윤석용 이병구 이상복 이억선 이성무 정하승 주광철 진동율 최달범 최병찬 최선식 한기찬 한상호 함태영 손순희 이경자 이숙희 이향자 장명희 정용순 정혜경 조순희 주영순 하정숙

〈제2기생〉

공영식 권찬희 김길용 김도문 김명수 김명호 김수명 김종식 김

태근 김학철 문상영 문용관 박일 박형진 방종태 신서경 신승열 이무진 이상복 이석규 이옥승 이은관 이창상 전성준 정경진 채원모 채원호 최수호 함종억 홍권희 홍병호 홍창표 황재원 구순옥 김명주 김용오 김정순 김희좌 민장순 박금자 박순성 백순려 양명숙 양재복 오경옥 이상연 이숙천 이영희 이현자 임성희

〈제3기생〉

강복귀 강승일 고광희 권찬희 김문영 김서자 김현순 문종갑 박순건 박진실 박향수 소옥희 송종식 원성숙 윤영옥 이순옥 이순자 이완섭 이일숙 임성희 장병준 장학일 정만호 정영희 정태숙 정하욱 차영복 차연순 최경숙 최민순 최병찬

기억이 이렇게 무디어졌나? 빠진 학생들에게 미안하다. 이 학생들을 어찌 한다. 그들의 앞날에 성공에 이르는 사다리가 되어 주어야 할 텐데…….

1964학년도 월훈 및 주훈을 적어 보자.

3월 : 교풍 확립 1. 경례 엄정

       2. 복장 단정

       3. 시간 엄수

       4. 임무 완수

4월 : 봉사의 달 1. 나무를 심자

	2. 남을 돕자
	3. 학교 봉사
	4. 사회봉사
5월 : 법을 지키자	1. 인권 존중
	2. 물권 존중
	3. 복장 단정
	4. 공공시설 애호
6월 : 때를 알자	1. 봉사할 때를 알자
	2. 복장은 때를 맞춰서
	3. 부모님 은혜를 알자
	4. 국난을 상기하자
7월 : 책임 완수	1. 임원 책임 완수
	2. 각부 활동 책임 완수
	3. 학습 활동의 책임 완수
8월 : 방학의 달	
9월 : 모범 생활의 달	1. 지육 주간
	2. 종교 주간
	3. 봉사 주간
	4. 체육 주간
10월 : 준법의 달	1. 수업 분위기 조성
	2. 결석 금지 주간

　　　　　　　　　　　3. 복장 단정

　　　　　　　　　　　4. 재판 주간

11월 : 감사의 달　　　1. 부모님께 감사

　　　　　　　　　　　2. 국가와 사회에 감사

　　　　　　　　　　　3. 하나님께 감사

　　　　　　　　　　　4. 학교와 스승님께 감사

12월 : 성탄의 달　　　1. 캐롤 주간

　　　　　　　　　　　2. 총결산 주간

　　　　　　　　　　　3. 성탄 주간

1월 : 방학의 달

2월 : 정리의 달　　　1. 용구 정리 주간

　　　　　　　　　　　2. 종강 주간

　　　　　　　　　　　3. 년말 고사 주간

　　　　　　　　　　　4. 끝맺음을 잘하자

　그동안 무보수로 학생 신분으로 바쁜 시간을 쪼개서 헌신 봉사해 주신 선생님들을 살펴보자.

〈지도 교사〉

강영옥 : 구로2

서호연 : 구로2 공익 2056. 경희대 국문과

고영훈 : 구로2 공영205. 한양대 영문과

송영찬 : 영등포 신학대학

김기팔

안성결 : 안암동 104-18

김석영 : 당1동 158. 건대 화학과

윤대환 : 구로2 간이 881

김석홍 : 구로2 간이 625. 중대 법학과

이강규 : 포천 가산 우금. 서울 문리 사대

김선영 : 거제동 부구천. 한양공대 미술

이두훈 : 홍익동 888-4

김시경 : 용산동 2가

이완영 : 구로 산 3-1

김인섭 : 구로2 공영 21

임재용 : 원효로. 숭실대 국문과

김인자 : 용산동 2가 8. 경희대 화학과

전봉근

김중배 : 을지로 4가 276. 건대 영문과

김찬호 : 용산구 해방동

정창섭 : 구로2 공영 553

도지덕 : 전농1동 359

조순희

문시옥

최동석 : 구로2 공영 853

박진선

최태우 : 구로2 간이 523

배동운 : 공영 757. 서울대 문리대 독문학과

서근덕 : 홍성 홍동면 문당리

허환

교집을 발행한다. 책의 제목은 《앞날》이다.

1, 2, 3, 4호를 냈다. 4호 2~4쪽에 실렸던 글을 그대로 옮겨
보자.

〈졸업생들에게〉

교감 이강규

글제를 받고 보니 감개무량하구나. 흙벽돌 건물에서 긴 의자
열 개를 늘여 놓고 너희들을 찾아 길거리로, 촌락으로 낯선 집
문을 두드려 불러 모았던 일이 엊그제 같건만, 너희가 형설의
공을 쌓기 어인 십개 성상, 성공에 이르는 사다리를 구축했으니
말이다. 풍우도 많았어라. 너희가 걸어온 길은 가시밭길의 연속
이었도다. 험준한 태산준령을 넘어, 넘나드는 파도와 더불어 싸

워 이겨 온 너희의 기백과 정력에 자못 감탄과 함께 칭찬을 아끼지 않는다. 책상 없는 불편함도, 책 없는 쓰라림도, 운동장 없는 안타까움도, 사정없이 풍우 심한 텐트 속의 시달림도, 도시락 없는 배고픔과 애처로움을 개의치 않고 이겼으니 말이다. 가난과 곤경이 너를 불렀고, 네가 이들과 싸워 3년 동안 손에 어깨에 핏방울 맺힌 작업이 만들고 쓰던 유산품들을 동생들에게 넘기게 된다. 떠나는 마음, 보내는 마음, 무엇으로 주고받으랴! 그간 선생님 말씀으로 자라 온 너희들이었기에 몇 가지 일로 다시 부탁한다.

(A) 무엇을 가졌나?

"너는 어려서 성경을 배웠느니……(디모데후서 3장 16절)"

너는 무엇을 가졌는가? 너는 무엇을 배웠는가? 종교. 지육, 체육, 봉사로다. 기독교적 인격과 헌신적 애국인이었던 것이다. 너는 어느 위에 서서 어떤 집을 구상했으며 무엇을 잡으려고 어떤 무기를 닦았는가?

이제는 네가 가진 것을 기초로 하여 이지러지지 말고 원만한 인격과 동량지재로서 봉사인이 되어라.

(B) '자력 점진'

자력이란 말은 3년간 귀에 읽히어 그 뜻을 능히 알리라. 네가 공부한 곳이 점진중학교이었도다. 그 점진의 뜻도 가히 알리라. 점진중학 본교에서 수학하던 너를 내 보내기 자못 아쉬워 석별

88

의 정을 금치 못하여 이제 선물을 하나 하리라. 네 선생, 네 스승이 너를 어여삐 여겨 주는 것이니 오래오래 간직하라. 실용품이니 늘 사용토록 하고, 닳지도 부서지지도 않는 것이니, 많이 애용토록 하라. '자력'과 '점진' 이 두 말을 따로따로 가르쳐 왔으나 이 두 구슬을 한데 꿰었다. '자력 점진' 어때, 휘황찬란하지 않느냐? 좋지 않아? 네 목에 걸어 준다. 네 손에 쥐어 준다. 이렇게 말이다.

내가 미우냐? 내가 얄궂으냐? 별명을 부르럼. '자력 점진' 이라고……. 새로 준 선물이니 쓰기가 아깝지! 써라! 필수품이다. 안 써 봐서 서투르지, 많이 써라. 애용하라.

내 앞에 닥친 일, 내가 스스로!! 속성은 모순을 낳는다. 잘 간다 뛰지 말며, 못 간다 쉬지 말라. 앞으로 앞으로, 불끈 쥔 주먹에 다시 힘을 쥐라. '자력 점진' !!

(C) 은사를 찾아라.

"우물 안 개구리를 세상에 내놓는다.", "어린 양을 이리 틈에 보낸다." 모두 오늘의 내 심정을 피력할 만한 말들이다. 작은 보트에 분승하여 거친 망망대해에 내보내는 격이다.

가라! 아는 길도 물어라! 어렵거든 물어라! 쉬운 것도 의논하라! 너를 도와술 十인을 만나리라. 인젠가 말했지. "선생은 ㅣ나만이 아니다. 은사는 네가 찾아서 만들라." 때가 왔도다! 어서 출항하라! 안심하고 떠나라! 배 뒤엔 키가 있어 방향을 잡듯이 내가 있으리라. 너와 고락을 같이 하던 선생님들이 아니냐? 같이 뛰고, 같이 슬퍼하고, 같이 굶고, 같이 헐벗고, 같이 벌 받던 너희 선생이 뒤에 있단다. 혹시 죄를 범했더라도 안아 주리라. 인도하신 주여, 저희에게 가호하소서……

4호 32쪽의 글을 하나 더 적어 보자 .

<인명 시조> 교사 최동석 씀
'이' 이처럼 애절하게 떠나시면서
'강' 강하고 담대하라, 하신 그 말씀
'규' 규례 삼고 일평생 지내오리다.

1, 2학년 120명 재학생을 두고, 1회생 30명이 졸업을 한다.
"강하고 담대하라." 나는 졸업식장에서 일장 연설 겸 설교를 하면서 학교를 떠나 시골 고향으로 간다고 했다. 졸업식장은 더더욱 눈물바다가 되었다. 왜 그래야 했을까? 나는 3년 동안 여한 없이 내 젊음을 바쳤다. 훗날 이 점진중학교는 학교 건물도 짓고, 운동장도 마련하여 정화여상이 되었다가 정보학교로 커 갔다.
농사꾼이 되지 않고 계속 교편을 잡고 있었으면 어떻게 되었을까? 그땐 너무 젊었고 너무 하고픈 일이 많았다.

제5부

농촌 지도자……〈농촌 운동〉

1. 젖소를 길러서—낙우회 회장

국가를 향한 자발적인 나의 사회봉사 3년! 나는 내가 할 일을 한 것이다. 울며불며 매달리는 재학생들을 뿌리치고 시골로 내려왔다. 부모님 모시고 농민들과 어울려 농촌을 지키려고……. 우리 아이들 앞길을 좀 더 잡아 달라고 학부형들이 무리를 지어 시골까지 찾아오신 것을 돌려보냈다. 나는 선생님이란 직업을 포기하고 농부가 되었다.

나는 공부한다고 검은 돌 논 1,000평을 팔아 없앴었다. 남은 것은 대대울 800평, 건너 700평, 휘미안 1,700평, 동우리 밭 500평뿐이다. 어떻게 해야 집안을 일으키고 잘 사는 농촌 마을, 'My Car' 시대를 가져오겠는가? 새로운 설계요, 새로운 꿈이다. 농촌에서는 못 실겠다고 도시로 도시로…… 이농 현상이 곳곳에서 일어나는데, 나는 흙과 더불어 살겠다고 농촌으로 돌아왔다. 부자 농부가 되어서 부모님과 처자식을 고생시키지는 않아야 할 텐데…….

보릿고개의 환금 작물로 완두콩 500평을 심었다. 얼갈이 무와 배추, 참외, 그리고 배나무도 심었다. 넉고개에 있는 남의 밭을 빌려 환금을 위해 땅콩을 심었다. 산을 둘러보았다. 옛날 화전하다가 묵은 밭들이 있었다. 가골에 버려진 땅 500평, 응개골 500평을 일구었다. 풀뿌리를 엎어 놓고 돌을 주워 내어 사료용 옥수수를 심었다. 천호 부화장에서 병아리를 사다가 길러 산란계 300마리가 안마당에서 뒤꼍까지 케이지에 꽉 차고, 날마다 계란이 쏟아진다. 나는 짐 싣는 자전거에 계란을 싣고 하루 걸러 의정부 시장을 찾았다. 힘에 벅찼다. 그러나 갈 때까지 가 보는 것이다.

닭을 팔아서 훗날 우유를 생산할 수 있는 젖소 송아지를 샀다. 금값이다. 하지만 또 샀다. 우유 짜는 젖소 세 마리, 송아지 세 마리, 점점 늘어 갔다. 닭은 이제 완전히 없애고 '우일 목장' 이 되었다. 소는 또 늘어 착유 소 15두, 송아지 둘, 손으로 착유하던 것을 기계로 착유한다. 그 이상은 가족 노동력으로 지탱하기는 무리다. 소 한 마리 팔고 저축한 돈 좀 보태면 땅이 1,000평이다. 거의 해마다 늘렸다. 이제는 논이 10,000평, 밭이 3,000평이다. 가나안 농군 학교에 갔을 때, 막사이사이상을 수상하신 김용기 교장 선생님이 땅 10,000평 가진 사람 손들어 보라 하기에 손을 번쩍 들었더니 칭찬해 주시었다.

벼를 매상한다. 면장이 독려차 각 부락을 다니며 일반 매도를 줄이고 정부에 협조하라고 한다. 포천군수가 오셨다고 다방으로 오라더니, 매상 많이 해서 고맙다고 차를 샀다. 다수확 개량종 통일벼를 심었다. 어느 해인가는 모레쯤 벼를 베겠다고 작정하고 있었는데, 우박이 쏟아져 벼가 논바닥에 누렇게 떨어져서 가산국민학교 학생들이 몽당비를 들고 동원되어 쓸어 담아 주는 해프닝도 있었다.

경운기가 능률이 떨어져 트랙터를 주문했다. 일주일간 경상도 진주에 가서 교육을 받아야 한단다. 하필이면 경상도 산업 시찰 일정하고 겹쳐서, 다음날 아침 대동 농기계 훈련장에 갔다. 남들은 어제 와서 입소를 하고 잤는데 뻔뻔하게 오늘 와서 입교하자니 안 된다기에 사정사정했더니 트랙터에 올라 주행해 보라는 것이다. 오토바이, 경운기 외에는 한 번도 핸들을 잡아 보지 못한 사람이 배우고 싶어서 올라탔다. 시동을 걸고, 브레이크를 놓으니 털털털 마구 나아가는 것이다. 핸들을 주체 못했다. 도로 턱을 올라서서 제방으로 향한다. 교관이 달려들어 정지시켰다. 뒤집힐 뻔했다. 하여간 주말에 치르는 운전면허 시험에는 합격했다.

2. 농촌 운동을—농촌 지도자 초대 연합회장

성장하면서부터 목사됩네, 선생됩네, 하고 서울 있다가 농촌에 내려와 보니 농사에 대해 아는 바가 없다. 아버지께서 하시던 일을 어깨 너머로 본 것뿐이다. 그러니 할 수 없이 가산면 농촌 지도소를 자주 찾아가게 됐다. 개량된 농사를 배우기 위함이다. 그 덕에 가산면 농촌 지도자 초대 연합회장이 되었다.

〈4H 구락부〉

밤에는 동네 청소년들을 모아야 했다. 마치미에는 이현순이 회장, 박동만이 총무였는데 다들 열심이었다. 지, 덕, 노, 체. 네 잎 클로버 활동이다. 동네마다 조직했으며 연합 활동도 한다. 구락부마다 지도자가 있게 마련이다.

〈농사 개량 구락부〉

젊은 농사꾼들의 이야기다. 한가하던 겨울철에 농사 개량 교육 및 새끼 꼬기, 가마니 짜기까지 열심이다. 배나무, 포도나무를 심기 시작하여 가산면은 포천 꿀과 포도 주산지가 되었다.

〈생활 개선 구락부〉

부녀회 활동이다. 쌀이 귀한 시절이라 분식 장려로부터 입식 부엌 개량 등 광범위하다. 농촌진흥청 발행 ≪농촌 생활에서 찾은 보람≫이란 책의 59~64 쪽에 실린 <가산면 금현리 유정렬> 가산 17회 동창이기도 한 부녀회장의 '다시 돌아온 내 고향'의 일부분을 소개한다.

내 고향 포천, 그중에서도 가산면 금현리는 내가 태어나 자란 곳으로 20년이 지난 후에 뻐꾸기 제 둥지로 찾아오듯 되돌아오고 보니 감회가 새롭습니다. −중략− 이 고향(친정) 마을에 자리를 잡은 지는 6년밖에 되지 않지만 지난 3년간 부녀회 회장, 총무직을 역임하면서 다 함께 잘살아 보자는 신념으로 깨끗한 문화생활을 영위하자는 생각으로 조그마한 일들부터 시작했고 지금도 계속하고 있습니다. 1989년부터는 농촌지도소의 생활 개선 종합 시범 마을로 지정되어 식생활 개선 교육과 함께 주거 환경 개선이 활발하게 이루어지고 있습니다. 지도소의 부엌 개량 사업이

들어와 그동안 경제적 사정은 나아진 편이지마는 생활수준이 떨어짐을 염려하던 차에 아주 좋은 기회라 생각하고 마을 부녀회원들과 최선을 다해 보리라 다짐해 봅니다.

부녀회에서 공동 경작포 3,400평을 경영, 100가마를 추수하여 2,204,000원 수입. 1,300평 밭에 들깨, 콩 등을 재배 공동 이익금으로 운천 보육원에 128,000원의 기부금을 내기도 하였습니다.

4H 구락부, 농사 개량 구락부, 생활 개선 구락부 등 세 개 구락부의 농촌 지도자들을 각 면별로 한데 결속한다. 그중 가산면 농촌 지도자 초대 연합회장이 되어 각 부락에다 4H 구락부, 농사 개량 구락부, 생활 개선 구락부를 조직하여 각 부락 지도자들과 협력하며 육성해 나갔다.

3. 마치미 마을 새마을 운동
—가산면 새마을 지도자 연합회장

1) 첫 번째—교량 건설 공사

"새벽종이 울렸네. 새아침이 밝았네……."

"잘살아 보세. 잘 살아 보세. 우리도 한 번 잘살아 보세."

1970년대 새마을 운동이 각 지방 마을 마을마다 일어나 퍼져 나갔다. 역사 이래 새로운 바람이었다. 면에서, 각 기관에서 격려하는 바람이 격했다.

가산면 우금 1리 마치미 마을에서는 서울 가서 공부한 아무개, 부쩍부쩍 부자 되어 가는 아무개, 가산면 농촌 지도자 연합회장하는 이강규가 새마을 지도자가 돼야 한다는 것이다.

서울 가 있을 때, 을사년은 가뭄도 대단했지만 큰 홍수도 났다. 큰 개울과 작은 잎개울이 물이 넘쳐서 하나가 되고 우리 집이 있는 웃말도 물이 들이닥쳐, 자다 말고 피난 가는 일이 있어 개울 건너에 있는 용복이네 밭 300평을 사고, 용복이네와 같이 집들을 짓고, 두 집 다 이사를 가서 살고 있던 중이다.

마을 한복판으로 큰 개울과 앞개울이 합쳐서 풀 한 포기 없이 자갈로 덮여 있는 황량하기 짝이 없었고, 비가 오면 물길이 이리저리 제멋대로 흘러 저수지로 들어갔다.

나는 마을의 숙원 사업을 교량 건설과 하천 정비로 정했다. 처음 해보는 공사다. 농사나 짓던 사람들이 하나에서 열까지 우리 손으로 해야 하는 노릇이다. 처음 하는 교량 토목 공사, 저녁마다 교량 설계도가 바뀐다. 드디어 길이 20m, 폭 6m, 비아 4개, 높이 3m로 하천 정비 제방 구축은 나중이고, 우선 교량만 하천 가운데다 덩그마니 세우기로 했다.

정부에서 지원이 왔다. 시멘트를 쓸 만큼 댄다는 것이다. 철근은 어떻게 하고 거푸집에 인력 공사는 어쩌라는 것인가? 모두 자력으로 알아서 하라는 것! 이것이 새마을 운동이라는 것이다.

마을 총회를 열었다. 우리는 우금 1리 마치미교를 세우자고 필요성을 역설했다. 모두 공감하는 바였지만 문제는 컸다. 언제 해보았나? 무슨 돈으로 하려는가? 헛소리하지 마라! 어디 너 한 번 해봐라. 이장과 4개 반장들이 모두 사표를 냈다.

다시 총회를 열었다. 새마을 운동은 우리 손으로 하는 것입니다. 부역을 나오시고, 한 집에 자갈 두 차씩, 그러니까 여섯 무더기씩 모아 놓으라는 것이다. 시키는 대로는 할 테니 돈만 내라 하지 말라는 것이 부락의 결의였다.

　내가 이장을 맡고 4개의 반장님들을 이용제, 이상국, 이태규, 이완순 등 젊은 사람들로 교체했다. 연령대도 비슷했다.

　아녀자들이 앞장서고 남녀노소 모두 나섰다. 온 개울 바닥이 사람들로 가득하다. 자갈을 모으니, 큰 돌은 큰 돌대로 모아지고, 모래는 모래대로 모아졌다. 일석삼조에 물길까지 만들어지니 일석사조다. 자갈은 모아 팔아서 철근도 사고 공사하면서, 간식에 술까지 마시게 한다니 자갈을 못 모으면, 자갈 두 차 값을 돈으로 내야 한단다. 그러니 온 동네가 하나로 뭉치는 일식오조다.

　비아 기둥이 네 개. 각 반에 한 군데씩 맡겼다. 경쟁적으로 기소 구덩이를 판다. 왕겨 불로 언 땅을 녹이고 곡괭이와 삽으로 구덩이를 잘 팠다. 서울에 가서 건축업을 하는 가산리 사람이 있단다. 돈암동 사는 이용재를 통하여 고향 돕기를 내세워 거푸집 한 차를 거저 빌렸다. 자갈이 팔리는 대로 철근을 사다가 기소를 하고 비아를 세우고 상판을 깔고 난간을 하고 날개벽을 했다.

온 가족이 나서서 자갈을 모아야 하고 남자는 남자대로 교량 공사에 매달렸다. 온 동네가 나서서 일을 하니 목마르면 막걸리 마셔야 하고 배고프면 빵이나 국수를 먹어야 했다. 공사 중에 조현구가 득남을 했단다. 공사장에서 마을 사람들에게 한 턱 냈다.

지금도 잊지 못한다. 국회의원 오치성 씨가 면장과 더불어 독려차 나왔다. 포천군에서 제일 큰 규모의 교량을 우리가 만드는데 돈 좀 내시라고 대놓고 얘길 하니 난감해 하며 갔다. 있는 부존 자원을 활용하여 잘 살아 보자는 것 아닌가? 자갈을 모아 파는 것도 한계가 있는 것이지, 그렇게 한꺼번에 다 팔리는 것이 아니지 않는가? 물론 썩지는 않지만 비가 오면 도로 흩어져서 다시 모아야 했다. 그래도 우리는 첫 사업으로 언 땅을 녹여서 기소를 판 다음, 네 개의 비아를 세우고 상판을 얹은 후 그 위에 콘크리트를 타설하고 난간과 날개 벽을 만들어 교량을 완성했다. 교량 건설은 마을 이쪽저쪽을 연결하여 차가 다니게 할 뿐 아니라. 하천 정비로 인하여 하천 부지가 생겨서 마치미 쉼터 공원을 만들고, 게이트볼장까지 만들게 되었다.

다리 공사를 마치고, 화물차에 거푸집을 싣고, 반납하러 서울

로 간다. 축석 검문소부터 창동 검문소에서도 새마을 모자를 쓰고 얼굴이 새까만 나를 보고는,

"수고 하셨습니다." 하며 거수경례를 한다. 이로서 그동안 쌓였던 모든 피로가 확 풀린다. 나도 한 가지 했구나…….

2) 두 번째—마을 안길 도로 확장 사업

도로 확장! 땅 좀 희사하시오. 요즘 같으면 씨도 안 먹힐 소리다. 아무개도 하라 했고 아무개도 하라 했습니다. 집집마다 경운기나 차가 들어갈 수 있게 설계했으니 길을 넓히자는 것이다. 남좋은 일이기도 하지만, 모두 좋자는 것이니, 나도 좋지 않겠나? 마다하는 사람 없이 모두 따라 주었다. 새끼줄을 띄우고 가래로 삽으로 마을길을 넓힌다. 어느 집이든 통할 수 있게 해 놓으니 흐뭇하고 살판났다.

포천군청의 도움으로 불정산으로 올라가는 길을 확장하고, 넉고개에 암거를 설치하고, 마치미와 응개를 지나 괴화동까지, 즉 우금 1, 2리를 잇는 차도를 개설했다.

3) 세 번째—퇴비 증산과 지붕 개량 사업

농네에 기와집은 한 재뿐이고 모두 초가집인데, 어찌 해야 하나? 마침 관에서는 퇴비를 증산하라고 열을 올린다. 마을 담당 공무원 김진완을 불렀다. 퇴비 증산을 해서 모범 부락을 만들어

보자. 한 번 해보려는가? 일에 의욕도 있는 사람으로 마을에서 먼저 하자는데 쾌재를 부를 일이다. 후에 면장 승진도 하고 은퇴한 인물이다.

먼저 주민들을 고취하기 위해 국기 게양대를 세우고 태극기와 새마을기를 나란히 게양했으면 한다고 했더니 사비를 들여 깃대를 만들어 왔다. 마침 경찰서에서 사이렌을 바꿀 계획이어서 쓰던 것이 마을로 왔다. 새벽이면 사이렌을 울리고, '새벽종이 울렸네. 새아침이 밝았네.' 하며 새마을 노래가 스피커로 울려 퍼지면 새마을 깃발 아래로 지게를 지고 모였다. 풀을 베어 한 짐씩 각자 집에다 쌓아 놓고 조반을 먹으면 다시 단체로 모여 산으로 향했다. 풀을 베면 차로 실어다 집집마다 부려 주었다.

김진완 씨는 신이 났다. 우리 집 사랑방에 주재하면서, 한 달 동안을 독려했다. 웬 장마가 그리도 심한지 발가락 사이가 물크러질 정도로 비가 많이 왔다. 어디 가서 약을 구해다가 바르기만 하면 꾸덕꾸덕 하다가도 또 비를 맞고 퇴비를 하다 보면 재발되어 어려움이 많았다.

집집마다 퇴비가 쌓이고 점점 퇴비 더미가 커져만 갔다. 포천군에서 화현면 명덕리와 자웅을 다툰다는 소식이 들려 왔다.

퇴비를 골고루 썩히려면 뒤집어 쌓기를 해야 하는 법이다. 때는 이때다! 우리 마을은 지붕 개량을 하자! 초가지붕의 짚을 뜯어내 퇴비와 섞어서 퇴비로 썩히고 지붕 개량을 하는 것이다.

　보령에서 올라오는 돌기와로 잇기로 하고 슬레이트나 함석으로라도 하되, 돈이 적은 사람은 농협에서 융자해 주기로 했다. 풀을 베어 퇴비하기도 지쳤지만, 공동 작업으로 지붕에 올라가 짚으로 엮은 이엉을 벗겨 내렸다. 기술 있는 사람은 기와와 슬레이트를 이었으며, 그 다음은 반별로 돌아가면서, 지붕 벗긴 것하고 퇴비를 섞어 쌓아 놓았다. 가로 세로는 똑같고, 높이는 집집마다 차이가 나지만 그야말로 집채만 했다.

　심사관이 와서 가로, 세로, 높이를 재서 부피를 보고 그 재질을 보았다. 포천군에서는 단연 1등이고, 경기도에서는 양평군 어느 마을 다음이란다. 후에 알고 보니 양평군은 군 트럭을 이용하여 인근 마을 퇴비들을 모두 실어다 한 마을에 쌓아 놓았다고 했다. 그래서 부피로는 양평 어느 마을이 1등이고, 실제 1등은 포천의 마치미 부락이라는 것었다.

경기도청에 가서 포상을 받는 날은 내가 마치미 대표로 가서 성공 사례 발표를 했다. 상금 200만 원을 타다가, 농조 수리조합의 묵은 땅을 임대하여 공동답을 만들었다. 여기서 해마다 생산되는 자금은 마을의 기금이 되어 부자 마을로 가는 데 크게 기여하였다.

4) 네 번째—전기 가설

오치성 내무부장관이 포천읍에서 가산면 소재지까지 전기를 끌어 온 이후 가산면에서 내촌면까지 송전하게 되는 쾌거가 있게 되었다. 그 중간 지점에 있는 우금 1리 마치미 시골 마을에도 전기가 들어오게 되는 것이다. 그 즐거움 속에서도 어려움은 있었다. 내선 공사비와 등 가설은 우리 자체 부담이다. 석유 한 병이면 얼마간을 썼는데. 전기 요금이 비싸서 못하겠단다. 돈 덜 드는 방법으로, 형광등 부품을 사다 주고 내선 공사하는 전공들이 조립해서 달아 주게 했다.

점등식 날이다. 내촌면 삼거리에서 성대한 점등식에 참석하고 마을로 돌아왔다. 불을 켠 집이 얼마 안 된다. 집집마다 다니면서 사용법을 가르쳐 주다가 밤 열두 시가 넘어서야 집에 왔다.

우리 집도 깜깜했다. 대문은 잠겼으니까, 전처럼 사랑방으로 들어가 바람벽을 더듬더듬 만지며 지나가 안방으로 들어가 불을 켰다. 어찌나 밝은지 개미 새끼 지나가는 것이 보인다는 말이 헛말이 아니었다. 그러나 내 행보를 생각해 보니 어처구니가 없었다. 남의 집에는 불을 잘 켜 주었으면서, 나는 왜 사랑방에 와서는 이 밝은 불을 못 켜고 더듬더듬 왔는가 말이다.

냉장고가 들어오고 집집마다 있는 우물 펌프에 자동 모터가 앉혀지고 TV가 들어오기 시작했다. 생활에 변혁이 온다. 문화적인 생활의 시작되었다.

내가 KBS와 MBC TV 방송에 출연했을 때 얘기다. 퇴비 증산왕이 되고, 새마을 지도자 성공 사례를 발표했을 때 마을에는 전기가 막 들어왔지만 TV가 없었으니 마을 사람들이 볼 수가 없는 건 자명했다.

그래도 상석이네 형이 월남에서 오면서 TV 한 대를 사다 놓은 것이 있어서 바깥 큰 마당에다 안테나를 임시로 세우고, 온 동네 사람들이 한데 모여 멍석을 깔고 앉아서, 내가 아침 마당에 출연한 녹화 방송을 보면서 막걸리 파티를 하던 일을 잊을 수 없다.

아버님이 서울에 다니시면서 길가 가게에서 흘러나오는 축음기 소리를 즐겨 듣는다고 하시더니 어느 날인기 쌀 한 가마니 값을 주고 트랜지스터 라디오를 마을에서 제일 먼저 사 오셔서 큰 히트를 했었는데, 이번에도 우리가 TV를 남보다 먼저 사 오게

되었다. 날마다 나오는 연속극 <여로>가 방송되는 시간이면 집 안에 발 들여 놓을 틈도 없이 다락에까지 문을 열어 놓고 사람들이 올라갔다. 어머니, 아버지, 두 노인네들이 큰 고역이셨다.

　4개 반 반장들을 데리고 여행을 떠났다. 그동안 수고를 풀어 줄 요량으로 아산의 도고온천에서 1박을 했다. 내가 아산 이씨니까 의미가 더욱 좋았다. 2박은 서울로 정하고, 현충사를 거쳐 정거장마다 다른 것을 먹어 가며 서울로 갔다. 서울 남산엘 오르려니 이○순이 급했다. 너무 과식을 했나 보다.

　포천군 내에서는 영중면 영평리, 내촌면 소학리를 비롯해서 소흘면 예비군 교육장에서 성공 사례를 발표했고, 양평군, 화성군 등 타 군에도 발표하러 다니게 되니, 초대 회장이신 이종해 지도자가 돌아가시고 내가 제2대 가산면 새마을 지도자 연합회 장이 되었다.

연합회에서는 가산면 도로에 대형 아치를 세우기도 했고 각 마을의 버스 정류장에 비바람을 피할 수 있는 승강장들을 처음 만들자 각 시·군이 앞다투어 승강장을 만들게 되었다. 각 마을에서 저마다 열심히 새마을 운동을 하던 지도자들이다. 이때 모이던 분들 중 '동지회'란 이름으로 오늘날까지 친목회로 묶여 있는 지도자들이 있다. 박일용, 원유문, 구동구, 이강휘, 이경휘, 신영원, 김호연, 이홍우, 조오행, 이용근, 신영범, 이강규 등 동지들이다. 강릉 지구의 수재민 돕기도 했고 최근에는 새마을 운동 탑을 건립하느라 숙의도 했다.

경북중학교에 장학금을 전달하고, 양양 지구 수해 때는 농협 수송차를 빌려 쌀 40포대, 라면 50상자, 양말, 의류 등을 싣고 수재민 돕기도 했다.

2010년 8월 30일, 700만 원을 들여 가산 정교리 분기점에 '잘 살아 보세!' 라는 문구의 <새마을 운동 탑>을 세웠다.

지금 우리 나이 70~80대에 들어서 참으로 대단한 일이었다. 면민뿐 아니라 지니기면서 보는 모든 이들이 새마을 정신을 다시 한 번 가다듬고 정진해 주기를 기원한다.

4. 우리 산! 푸르게! 푸르게! —산림계장

해방이 되고 6 · 25를 격고 나니, 앞산 뒷산 할 것 없이 어디든지 나무는 베어지고 민둥산이 되었다. 벌거숭이산이 된 것이다. 사방 사업을 해야 했다. 우금 1리 마치미와 우금 2리 괴화동은 법정 리로 하나의 산림계가 조직되어 있었다. 물론 새마을 운동이 일어나기 전, 리기다소나무를 연료림용으로 이홍규 지휘 하에 앞산에 조림을 했었다. 우금 산림계는 이에 만족하지 않고, 불정산과 응개골에다 리기다소나무는 연료림으로, 잣나무는 유실수로, 은수원사시나무는 경제림으로, 오리나무와 아카시아는 사방 사업용으로 조림을 했다.

남녀가 나서서 산에 줄을 띄우고 나무를 심는다. 산에 오르기 어려운 노인 몇 분을 차출해서 계곡 개울물에서 고기를 잡게 했다. 가재가 많았고 송사리, 메기, 뱀장어도 잡혔다. 밀가루 수제비를 넣어 끓인 매운탕으로 간식을 하고 술안주 삼아 막걸리로

목을 축이며 푸른 산을 가꾸어 나갔다.

오늘날은 숲이 우거져 다닐 길을 찾지 못할 지경이고 새들과
짐승들의 보금자리로 자리 잡혔다.

5. 잉어 떼 노니는 양어장─양식 계장

　우리 마을 새마을 운동의 특색은 '있는 부존자원을 활용하자'
는 것 아닌가?

　6만 평 저수지가 마을 앞에 있으니, 이것이야말로 좋은 자원이
아니겠는가?

　저수지는 해방 직후 기공했으나, 수복 후에 밀가루 공사 등으
로 이룩됐다. 사방에서 일군들이 모였지만 그중에는 반공 포로
중 김석영, 박병춘, 허창용, 강준필 등이 와서 일하다가 이 동네
에 정착하였다.

　동무뿌리와 개울 건너 뫼뿌리를 연결하여 제방을 만드는 공사
를 했다. 대대울 성 진사 댁 기훈이 할아버지는 '잔잔한 물위에
청둥오리 놀겠구나!' 하는 내용의 한시(漢詩)를 지어 주시기도 하
고 정사각형을 칠등분하여 각종 모양을 짜 맞추는 칠교도를 선
물로 주시기도 했다.

　마을 절반이 수몰 지구에 들어가 아랫마을은 윗벌로 이주를 하고, 포천, 운천, 서울 등지로 이사하는 변도 생겼다.

　어느 날 밤인가는 아버지가 깨우시는 바람에 일어났다. 포천으로 이사 가는 이상옥이네가 건너 산중턱에 있는 밭을 판다기에 사는 것이니, '부동산 매매 계약서'를 쓰라는 것이다. 계약서 용지가 있는 것도 아니고 그렇다고 양식이 있는 것도 아닌데 하여간 혼이 났다. 난생 처음 써 보는 공식 문서가 아닌가. 이때 사 놓은 밭이 지금 우리 집이고, 식당이고, 체마밭도 되고, 부모님 산소도 있는 곳이다.

　제방이 완공되고 6만 평에 물이 가득 채워졌다. 휘미안, 돌모

루, 듬뱅이, 말뫼벌 뒤뜰까지 딸기밭이 모두 논으로 개간되었다. 모를 낼 때면 물이 모자라 군인들까지 동원되어 수통 문을 지켰다. 제방은 증축되고 바닥은 준설 공사가 이뤄졌다.

영부인 육영수 여사로부터 3cm짜리 잉어 치어 3만 마리를 하사받았다. 양식계장이 되어, 청평에 있는 내수면 연구소에 교육을 받으러 갔다. 산골 사람이 새로운 세계를 맛보는 것이다. 이 물속에 식량 자원이 있고, 환금 자원이 있다는 것이다.

소양호 양식계장이 잡아 온 큰 잉어는 그 비늘 하나가 어린아이 손바닥만 했다. 교육생들은 맛있게 먹어도 보고, 양식장에서 먹이도 줘 보고, 잡아도 보고, 알을 채취해 보기도 했다.

3cm짜리 3만 마리를 수면에 풀고, 못 잡아 가게 마을 주민들이 주야로 지킨다.

3년이 지났다. 잉어가 제법 컸다. 양식계장 이강규 이름으로 낚시터 개장 허가를 받았다. 마을의 이호규, 이용춘 등은 수금원이다.

고기들이 멍청하다. 먹을 것을 주니까, 낚싯대를 넣기만 하면 덥석덥석 물려 나온다. 아이들이 막대기에 줄을 매어 던져도 고기가 나오니 매일같이 낚시꾼들이 가득하다. 주야로 돈을 징수한다. 모 회사 간부는 아예 물가에서 사무 결재를 한단다.

마을 회관은 지금 할머니들이 쓰시는 경로당 자리였다. 낡고 협소하여 보란 듯한 마을 회관 건립이 꿈이었다. 양식장에서 나오는 돈하고 공동답에서 추수한 돈으로 면에서 시멘트 800포대를 지원받아 지금 다리 옆 교통 요지에 동순 아버지 용철 씨의 희사를 받아, 아래 위층으로 넓고 다목적으로 사용할 마을 회관을 이룩했다.

2010년 7월 낚시에 큰 잉어, 참으로 큰 잉어가 올라왔다. 우리가 처음 육영수 여사로부터 하사받아 키웠던 3㎝짜리 어린 잉어가 여태껏 커 왔나 보다. 젊은이가 들기에도 벅차다. 하도 크니까 잡아먹기가 뭣해서 처음 양식계장 하던 내게로 그 고기가 왔다. 나는 방생을 하기로 결심했다. 젊은이들과 함께 깊고 넓은 한강을 향해 차를 몰았다. 산소가 없으니까 고기가 죽을까 봐 과속으로 달렸다. 빨리 물에 넣어 줄 욕심으로…… 카메라에 찍혔다. 아마도 7만 원을 과태료로 내야 할 것이다.

큰 고기 한 마리를 방생했더니 그 새끼뻘쯤 되나 보다. 한 45㎝되는 두 마리가 낚시에 올라왔다고 또 내게로 왔다. 연못에 넣고 사료를 주었다.

그러나 이제는 돈이 나오는 곳도 있고 살 만하니 주민들의 생각도 달라져 갔다. 다리 놓고 지붕 뜯어 내릴 때 하고는 아주 다르다.

내가 할 일은 다 했구나, 동네일에서 손을 떼었다. 이장은 이용경에게, 산림계장은 이찬규에게 물려 줬다. 얼마 안 있어 동네가 시끄럽다. 사고가 난 것이다.

6. 영광의 그날!' ─영광

새마을 운동으로 농촌 마을이 달라졌다. 퇴비 증산 운동으로 살기도 달라지고, 전기가 들어와 문화생활을 하게 되었고 몇 돗 박씩 사던 비료도 필요한 만큼 마음대로 살 수 있게 됐다.

KBS와 MBC 아침 특별 프로에도 몇 번 나왔다. 경기도 새마을 지도자 모임에서는 용인 민속촌에서 특별 연예 프로도 만들어 방송했다. 성공 사례 발표도 다녔다. 포천의 영평, 소학리, 송우리 등등에 수원, 양주, 양평 등에도 갔다. 예비군 교육장에도 가서 연설했다. 모두 영광이다.

시골 내려와 남의 땅도 빌려 보고, 버려진 화전도 일구어 옥수수 사료를 만들던 사람이 닭이 늘어 젖 송아지를 키우고, 송아지가 늘어 낙우회장이 되고, 목장에서 나오는 퇴비로 배나무와 포도나무를 기르고, 공부하느라 팔았던 땅도 복구할 뿐 아니라 많은 논밭을 늘렸다.

면장님이 찾아오셨다. '대한민국 대통령 취임식'에 가야 한다는 것이다.

세상에서 이런 일이, 어디 아무나 갈수 있는 곳인가? 아무 때나 오는 기회인가? 이런 복이 어디 있고 이런 영광이 어디 있단 말인가?

감색 양복을 입고 가야 한단다. 작업복은 많지만 웬걸, 빛깔 맞는 양복 한 벌 없는 것이 시골 부자다. 지금 같으면 여행만 가려도 맞추던지 나가서 한 벌 사면 될 것 아닌가. 요즘 아이들에게 예전에는 쌀이 없어서 굶었다고 하면, 쌀이 없으면 라면 먹으면 될 것 아니냐 한다는 격이다.

면장님이 직접 각 이장들한테 전화를 했다. 마땅한 옷 한 벌 빌리기가 이렇도록 어려운지 몰랐다. 나만 없는 것이 아니었다. 그래도 가산 삼거리 사는 이택우에게 비슷한 옷이 있어서 면장님이 빌려다 주어서, 남의 옷을 입고 집을 나섰다.

가산면에 갔더니 면 직원이 군청까지 안내한다. 군 직원이 수원 무슨 여관으로 안내한다. 십여 명이 모였다. 아침이 되니 경기도 안내원이 와서 조반 먹으러 가잔다. 아침 시간 도로에 차도 별로 많지 않은데 뭐가 급하다고 사이렌을 울리면서 간다. 조반 먹고 경기도청에 다다르니, 경찰 백차가 앞에서 에스코트하고, 여섯 대의 차에 분승하여 일렬로 간다. 이토록 영광스러운 일이 처음이라. 좋기만 하다. 괜히 어깨에 힘이 들어갔다.

　잠실 종합 운동장 옆의 둥그런 실내 체육관에 도착하여 명패를 달았다. 오천 몇 번이다. 이것이 서열이라는 것인가? 나도 대한민국에서 그래도 손꼽히는 것인가? 평생 잊지 못할 영광이다. 전두환 대통령 취임식에 내가 참석했다.

　잠실 종합 운동장! 아시안 게임도 보고, 올림픽 개막식도 봤다. 라면 먹고 우승하는 삼관왕 임춘애도 보고, 장재근 선수의 경기도 보고, 테니스 구경도 갔었다.

　국회가 해산되고 국보위가 결성되었다. 국회의 전초전이다. 새마을 지도자로서 직능별 위원으로 추천된다는 연락이 왔다. 곧 비례 대표이니 어찌됐거나 내가 'YES' 했으면, 나는 이 나라

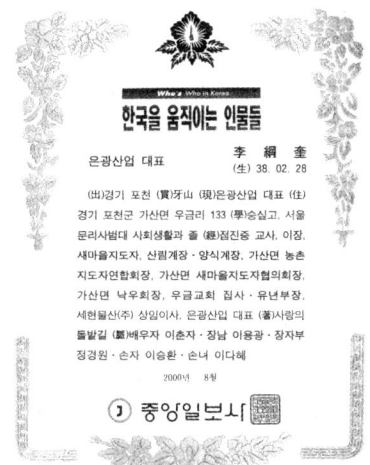

'금배지'의 주인공이 저절로 되는 기회였다. 그러나 나는,

"이것은 아니다. 송충이는 솔잎을 먹어야지, 내가 무슨 정치인가?"라며 경기도청 내무국장실에서 내무국장님에게 정중히 거절했다. 비례 대표 국회의원 자리는 용인군 지도자에게 돌아갔다.

손님이 집에 찾아 오셨다. 대한민국 역사 편찬회 위원들이란다.《대한민국 5000년사》를 발간하는데, 그 끝 권은 <한국 인물사>로서 거기에 '독농가 한국 인물'로 추천하니 수락하라는 것이다. 이 촌놈에게는 다시없는 영광이다.

각종 서적에 게재 된것을 보면,

■ 역사 편찬회, 1990년 발행,《대한민국 5000년사》<한국 인물
　사>편 '독농가'로 874쪽

■ 중앙일보사 창사 30주년 기념, 1997년 발행, 《한국을 움직이는 인물들》에 <엘리트>로 1,489쪽

■ 대한민국 성씨 변천사 연구소, 1992년 발행, 《성씨 변천사》 <아산 이씨>편 '새마을 지도자'로 1,908쪽

■ 1989년 발행, 《서울 올림픽 인사 요람》 <올림픽 추진 협의회 대의원>으로 605쪽

■ 대한민국 상훈 편찬회, 2003년 발행, 《한국 인사 명감》 <경제 산업 분야>로 506쪽

■ '우수 새마을 지도자'로 선정되어 《사랑의 돌밭 길》이란 제목의 48쪽 분량 만화책을 1979년 12월 경기도에서 발행하여 전국 각 마을 회관과 요소요소에 배포되었다.

한국 인사 명감에 실린 글을 옮겨 본다.

이강규(李綱奎)

은광 판지 포장 주식회사 대표이사

약력 ; 1938년 2월 28일 경기 포천 출신

본관 ; 아산(牙山)

학력 ; 광동중학교, 숭실고등학교, 서울 문리 사범대학, 대진대학교 경영대학원 최고 경영자 과정 졸업

경력 ; 가산면 농촌 지도자 연합회장, 새마을 지도자 협의회장, 낙우회장, 산림계장, 양식계장, 세형물산 상임이사, 은

광산업 창업, 은광판지포장주식회사 대표이사

가족 ; 부인 : 이춘자, 자 : 용광, 자부 : 정경원, 손 : 승환·다혜, 여 : 천애·명애·선애·광옥, 외손 : 조민식·조성식·홍준기·홍윤정·정혜경·정민·정진, 사위 : 조문행·홍성기·정택훈

가훈 ; 정직 성실 근면

'정직하게 성실하게 근면하게' 살자는 가훈과 생활 철학을 바탕으로 지역 일선에서 주어진 자기 업무에 있어서는 최선을 다하여 소임을 완수하고, 지역 발전을 위한 각종 사회봉사에도 정성을 다하여 고장 발전에 다대한 공헌을 해 오고 있는 신망 있는, 지역 유공 인사이다.

1938년 2월 28일 경기도 포천에서 아산 이씨 명문가의 후손으로 부친 이효득 공과 모친 목원 여사의 슬하에서 외아들로 태어난 선생은 어린 시절 시대적 어려움과 빈한한 농촌이라는 환경이었지만 귀여움을 듬뿍 받고 자라다가 3세 때 소아마비로 인해 지체 장애의 어려움을 안게 되었다. 유년기를 보내고 일본 식민 치하에서 초등학교에 입학하여 1학년 2학기에 조국 해방을 맞이하여 광복의 기쁨을 맛보았으나 뒤이은 동족상쟁의 6·25동란 발발로 다시 피란을 하는 등 시련과 격동의 세월을 몸소 체험해 오기도 했다. 그 후 중고등학교를 거처, 서울 문리 사범대학을 졸업한 후 풍문여중의 교단에 서게 되었

으나, 불우한 청소년들을 위한 교육과 선도에 뜻을 두고, 구로동에 불우 청소년을 위한 중학교를 개설하여 약 300명의 제자를 배출하였다. 또한 피어선 신학대학 시절에는 성은교회를 개척 설립하는 등 기독교 신앙에 섬기는 삶을 살기 위한 노력을 계속하였고, 자기 직무에 만전을 기하는 가운데에서도 각종 사회봉사 활동에 정성을 아끼지 않아 온 선생은 이후 고향으로 돌아와, 가산면 농촌 지도자 연합회장과 새마을 지도자 연합회장을 역임하였는데 농사 개량, 생활 개선, 4H 활동 등의 농촌 운동을 벌여, 농민들의 의식을 고취시키고, 생활의 질을 향상시키는 데 온 힘을 쏟았다.

그동안의 인생 역정과 경험 등을 바탕으로 경기도청에서 발행한 《사랑의 돌밭 길》이라는 책을 펴냈으며, 은광산업을 창업하여 지역 내의 젊은이들에게 일할 수 있는 자리를 만들어 주어, 지역과 회사의 발전을 이루도록 하였고, 현재 은광 판지 포장㈜ 대표이사로 취임해 금은지, 골판지 등을 생산 판매하면서, 각종 박스를 제작하고 있다. 가족으로는 부인 이춘자 여사와 슬하에 아들 용광이와 자부 정경원, 딸 천애, 명애, 선애, 광옥이가 있고, 사위로 조문행, 홍성기, 정택훈이 있다.

제6부

기업가로 변신……<사업가>

1. 면허 시험

일찍이 자전거를 탔으니, 오토바이는 그리 어렵지 않게 배웠다. 그런데 원동기 시험을 봐야 한다. 포천경찰서에 70여 명이 모였다. 면허 시험 문제집은 읽어 보지도 못하고 갔다. 30분간 예상 문제를 설명해 주는 것이 큰 도움이 됐다. 문제는 아리송했지만 넘어갔다. 그 후 2종 자동차 운전면허 시험을 의정부 자동차 면허 시험장에 접수했다. 필기 시험은 합격했는데, 신체검사가 문제였다. 서울 강서에 가서 운동 측정 검사를 받아 오란다. 강서에 갔더니, 장충동 넘어 이태원 한남대교 내려가는 삼각 지점에 가서, 모형 운전대에 올라 이것저것 측정해서 기능 시험에 응하게 되었다. T자, S자 등을 합격하고, 주행에서 걸리는 바람에 두 번째 가서야 합격했다. 고인돌 시는 문순이 아들 이ㅇ랑은 자기는 3개월을 학원에 다니면서도 떨어졌는데, 축하한다고 술을 샀다.

중고 자동차를 사러 서울 장안동 자동차 매매 상사를 찾아갔다. 까만 차가 번쩍번쩍 시동도 잘 걸리고 가격도 적당했다.

그렇게 오매불망 기다리던 MY CAR는 여기에 있었는가. 막상 계약서를 쓰려니, 내가 이 차를 타고 어디를 다니겠는가? 기껏 논밭 뜰에나 나가고, 술집에나 다닐 것 아닌가. 망설이다가 결국 그냥 왔다. 차라리 그때 사 가지고 탔더라면 오토바이 사고는 없었을 것을…….

2. 자네는 농사 못하네

　낙우회 회장네 목장은 운동장이 문제다. 비가 오면 땅이 질어져서 소의 발이 빠지고 발가락 사이가 썪는 부제병에 걸리고 소가 지저분해졌다. 안 되겠다 싶어 운동장에 시멘트 콘크리트를 하기로 하고 송우리 레미콘 회사에 전화로 주문을 했다. 곧 온다던 레미콘이 점심을 먹어도 아니 온다. 송우리를 지나 덕정리 가는 호얌고개 밑까지 오토바이를 타고 찾아갔다.

　레미콘 차를 뒤에 세우고 오토바이로 에스코트하면서 부지런히 온다. 가산면 소재지를 지나자니 보건소 골목에서 가스 배달차가 후진하면서 급히 나오는 것 아닌가?(이홍규의 아들 이용백이다) 피해서 핸들을 틀었으나 오른쪽 무르팍에 차 뒤꽁무니가 닿아 쓰러졌디. 일어날 수가 없었다. 의정부 신천병원으로 후송되어 수술을 받게 되었으나 과장님하고 예비군 훈련 받으러 다니는 젊은 신임 의사 이렇게 두 명의 의사가 하루 걸러 환자를 담당하는데 나는 그 젊은 의사가 담당이었다. 수술이 제대로 안 되어서 재수술을 해야 한다는 것이다. 차라리 서울대학병원 같은 훌륭한 데로 가 보자며 서울로 갔다. 그런데 예약을 하고 입원실 나오기를 기다려야 한단다. 병원 근처에 방을 얻고 한 달을 기다리는 사람도 많다는 것이다. 아는 사람, 심지어 청소하는 아줌마라도 알아야 퇴원하는 사람이 있을 때 빨리 손을 쓴다는 것이다. 정교리의 아는 친구 이종림에게 이 사정을 말했더니 금현리 궁말 조숙구의 아우 조혁구가 내촌면 소학리로 양자를 갔는데, 그 누이가 서울대학병원에 근무한다는 것이다. 혁구에게 사정을 얘기했고, 3일 만에 입원하라는 연락이 왔다. 드디어 서울대학교 의과대학 교수 의학박사 이상철 박사에게 재수술을 받았다. 박사님께서는,

"포천 사람이 뭐 하러 여기까지 왔는가." 한다. 포천의료원 강 박사는 자기하고 동기란다. 강 박사는 수석이고 자기는 차석이라서 포천의 이한동 국회의원이 강 박사를 모셔 갔다는 것인데 지금 강병원 원장을 두고 하는 말이다. 물리 치료도 하고 일어나기, 걷기, 무릎 굽혀 펴기 등등의 재활 운동도 한다. 퇴원을 앞두고 최종 진단을 말씀 하신다.

"자네는 농사는 못하네. 무릎이 더 이상 구부러지지 않으니 말일세." 나에게는 사형 선고와 마찬가지다. 농사꾼이 농사를 못하다니……. 가뜩이나 소아마비 장애인인데 무릎을 구부려야 착유

도 하고 트랙터도 몰 것 아닌가? 무리를 해서 구부렸더니 수술했던 무릎의 종지꼽이 육쪽 마늘처럼 갈라졌다. 병원에서 쇠를 감았다. 아직도 나는 무릎에 쇠를 감은 채 그대로 살아간다. 그 후 유증인지 비가 오는 날을 직감적으로 안다.

3. 세형 물산 상임이사

나는 목발이 지겨워서 지팡이를 짚었다. 자연스럽지 않은가.
중년 나이에 어울리는 일이었다. 다닐 때 다니고 먹을 때 먹는
다. 술 마시러도 다닌다. 중고일망정 승용차를 사 가지고, 포천
소흘, 의정부뿐 아니라 광릉 지나 장현까지 갔다.

나에게는 수양 누이가 셋이다. 의정부 제일시장 조합장 어머
니이신 이불 가게를 하시는 누님과, 대대울 와서 사시던 군 원호
가족 윤상례 누님, 그리고 가산 와서 별미집 식당을 하다가 지금
은 장현에 가서 해물탕 집을 하고 있는 동생 한○○이다. 시간이
많으니 여동생이 경영하는 식당엘 자주 가서 시장도 봐 주고, 자
주 들르는데 어느 날, 그곳에 오는 손님들 중 세형물산 사장과
전무가 직원들을 데리고 와서 회식을 했다. 부러웠다. 인사도 하
고 술잔도 나누었다. 그 후 어느 날 다방에서 그 사장을 또 만났
다. 구면이라서 아무거나 좋으니 나도 일할 수 있겠느냐고 부탁

을 해보았다. 허허 웃으면서 헤어졌다.

"웬 별 말씀을 다 한다."면서…….

사실 나는 하던 농사일을 못하고 놀자니 좀이 쑤셨다. 동생도 그들에게 수시로 취직을 부탁하며 거들었다.

얼마 후에 또 그들을 만났다. 영어를 아느냐? 자기 공장에 필리핀 사람이 십여 명 되는데, 이들을 관리해 줬으면 좋겠다는 것이다. 그리하여 세형물산 상임이사로 평생 처음으로 공장에 취직이 되어 산업 전선에 뛰어 들게 되었다. 농사꾼보다는 폼 나는 일이기도 했다.

"사람이 일어나 걸을 수 있다는 것이 첫째가는 축복이지만, 남자가 조반 먹고 일하러 갈 수 있다는 것은 사람이 누릴 수 있는 가장 값진 축복인 것이다."

사무실은 서울이고 장현 공장에서는 종이를 재단하여 A4 용지를 만들고, 한쪽에서는 노트를 만들어, 전국 문방구에 공급하는 공장이다. 이 공장에서 상무가 되어 직원들의 출퇴근 체크부터 노임 지불까지 직원을 관리하며, 물건을 생산해 냈다. 서울에서는 실어다가 전국에 판매한다. 어느새 한 달이 되었다. 내게도 월급이 쥐어졌다. 어머님께 자랑을 하고 다시 사는 분위기를 만들기 위해서 소파와 장롱 등 기구를 샀다. 그로 인해 내 인생은 다시 활력과 열정으로 재미있는 생활이 시작되었다.

그러나 일 년쯤 지나서인가, 사장이 서울로 올라오라더니 느

닷없이 부도를 내야겠다는 것이다. 그 고충을 누군들 알겠는가? 그 회사에 연관된 모든 사람이 다 모였다. 채권자들은 물론이다. 그중에 김언범이라는 사람을 만나 보라고 전무이사 한재덕이 소개한다. 그는 도농동에서 금은지를 생산, 판매하는 사람인데, 기계가 있고 기술이 있으나 자본이 없어서 세형물산에서 종이를 외상 구매를 해서 제품을 만들고 있었는데, 구매처가 부도가 나면서 앞길이 막막하다며 나보고 금은지 공장을 해보라는 것이다. 그러면 자기는 김언범이나 나에 대한 도덕적 부담이 덜어진다는 것이다.

4. 은광산업을 창업하다

　1992년 7월 2일. 포천시 가산면 금현 1리 김학수 씨 건물 60평을 임대하여, 김언범을 공장장으로 하여, 직원 4명과 함께 기계를 옮기고, 개업식을 하였으니 '은광산업', 금은지 생산 공장이다. 면민들이 모두 격려해 준다. 농사꾼도 공장을 운영할 수 있다는 것을 보여 달라는 것이다.

　그러나 일이 간단치 않다. 아무런 경험도 없는 나로서는 김언범과 직원들만 믿을 수밖에 없는데 기술자인 김언범이 전에 한번 부도냈던 사람인 것을 생각 못했다. '언범이가 물주를 만나 공장을 돌린다.'는 소문이 나면서 채권자들이 연이어 찾아와 일을 할 수 없을 뿐더러 제품을 납품한 거래처에 삼자 채권 압류를 해 놓으니 말이다. 물론 사장이 나이고 사업자기 나여서 내가 세금을 내고 있으니 당연히 승소는 하지만 일일이 재판을 해야 하는 것 아닌가. 또한 기계도 성수동 유진기계에서 압류가 들어 왔

133

다. 기계를 제작하면서 기계 대금을 못 냈다는 것이다. 결국 쉽게, 너무 쉽게 내가 물려 든 것이다.

공항동 사시는 박응철 사장님! 전에 금은지를 하시던 분이시다. 기술자를 소개해 달라 부탁했다. 홍일에서 배우던 이성구를 소개했다. 그는 지금까지 공장장이다. 유진기계에 기계 대금을 동생 소유인 동두천의 여인숙을 담보로 2,000만 원을 대출 받아 물어 주고 압류를 풀었다. 이로서 김언범과는 결별했지만 혼자 도맡은 것 아닌가?

기존에 거래하던 곳도 주문이 줄어들었다. 신성기업 안○○ 공장장은 우리가 기대했던 첫째가는 거래처였는데 애를 먹인다. 데려다 낚시도 시키고 그 비싼 휴대폰도 사 주고 농협에 대출도 얻어 주고 별별 어려움이 다 있었다. 넉 달을 버텼다. 사업을 하려면 여섯 달을 회전시켜야 한다더니……

손해가 점점 늘어난다. 나로서는 첫 사업이 실패로 끝나게 생겼다. 더 이상 끌고 갈수도 없었다. 착잡한 기분에 머리부터 식히고 와서 집어치우리라.

가산에서 농사짓던 지도자 동지들 박일용, 이홍우, 윤석구, 원유문 등을 태우고 경상도 통영으로 갔다. 한산도 수루에도 올랐다.

한산섬 달 밝은 밤에 수루에 홀로 앉아

긴 칼 옆에 차고 깊은 시름하는 차에

어디서 일성 호가는 남의 애를 끊나니.

이순신 장군의 그 어려웠던 처지도 생각도 해보았다.

울산과 포항의 엄청난 산업 발전도 보았다. 저렇게 성공하는 수도 있는데, 나는 무엇인가? 호미곶 토끼 꼬리에 나아가 서서 나의 작음을 되새겨 보기도 한다.

"금은지 공장, 그것 하나 해보려는데 4개월을 못 버티고 치우다니……. 박태준은 포항에서 불을 붙이고, 정주영은 울산에서 왕국을 만드는데 나는 이게 무엇인가?"

벼랑 끝 난간에 서 있는 기분이었다. 모두가 귀찮고 허무했다. 내 인생이 이렇게 끝나는가? 평생 알뜰살뜰 제대로 먹지도 입지도 못하고 피땀 흘려 이룩한 재산을 이렇게 잃게 될 줄이야……. 평생 동안 자식을 위해 일만 하신 부모님을 어찌 뵈오며, 처와 자식들은 무슨 낯으로 대할까? 대학을 졸업하고 강남에서 영업을 해보겠다는 하나밖에 없는 아들 용광이까지 데려다 창업한 것이 이렇게 될 줄이야…….

어떠한 어려움이나 풍랑이 덮쳐도 좌절하지 않고 불굴로 살아온 내가 아닌가. 곧장 못가면 우회히여 돌아갈망정, 남처럼 못하고 변변치 않더라도 끌고 나가 봐야 하지 않겠나. 꿈을 적게 갖고, 두 주먹에 힘을 모았다. 마음을 가다듬는다.

동해안을 따라 올라간다. 영덕을 지나 백암온천으로 쉬러 갔다. 동생이 서울 중앙시장까지 가서 사다 준 허리에 찬 삐삐가 울린다. 휴대폰이 없는 시절이니 온천장에 들어가서 집에다 전화를 했다. 대구에서 손님이 와 계시단다. 대구에서 지류 판매업을 하는 신 사장이 거래처 중에 인쇄업을 하는 하 사장을 소개하러 왔다는 것이다. 방황하는 나에게 하늘의 도우심인가.

"내 지금 여행 중에 나와 있으나 내일 대구로 갈 것이니 가서 기다리라."고 해 놓고, 다음날 일찍 떠나 집에 와서 친구들을 내려 주고, 곧 바로 대구로 향했다.

경상도 사람 처음 사귀기 힘든 것 아닌가? 두류산 공원 근처 호텔에서 밤 깊도록 술도 마셔 보았다. 하상화 사장님이신데 점잖기도 하거니와 신임이 갔다. 친구 말대로 믿어도 될 것 같았다. 든든한 거래처가 생겼으니, 다시 힘내어 해보리라. 한 달간 외상으로 금은지를 착불로 보내면, 어김없이 대금이 온다. 서로 믿으니 마음 놓고 일을 넓혀 나가고 나도 차츰 자리가 잡혀 갔다. 우리는 정성껏 온 힘을 다해 최선을 다해서 제품을 생산했다. 내 아들 용광이는 그저 묵묵히 열심히 일했다. 물건을 실어 나르며 영업을 한다. 또한 집사람은 말없이 힘든 농사일을 혼자 하며 직원들 밥을 해준다.

드디어 해가 바뀌고 내 공장을 마련하고자 했다. 기업은행, 국민은행, 상업은행, 농협에서 대출을 받으려니 서류가 산더미같

이 쌓였다. 광명리 융창상호신용금고에서 1억 5천만 원을 빌렸다. 이자가 은행보다 비싸다. 땅은 내 땅이지만 임야라서 경기도 청까지 다녀가며 건축 허가를 받았다. 60평짜리 네 동을 나란히 지었다.

이사를 한다. 남의 집에 임대로 있다가 내 땅, 내 건물에 입주하는 것이다. 즐겁다. 같이 여행하던 친구들은 물론 나를 아는 모든 분들이 오셨다. 우리 소리 메나리 보존회에서도 와서 축원을 할 뿐 아니라 사물놀이로 흥을 돋운다. 농사꾼도 기업을 할 수 있다는 본을 보여 달라고 모두 격려를 아끼지 않는다.

건물 네 동 중 두 동은 내가 쓰고, 두 동은 임대 소득을 보아

빌린 돈을 상환하려 했던 것인데 마땅치 않다. 아예 팔았다. 빚 안 지고 살다가 겁도 나서 얼른 갚고 기계를 더 사서 늘렸다. 내 땅, 내 건물에서 내 사람들이 열심히 일을 하니 할 만했다. 기계를 더 구입하고, 대지를 더 메운다. 재투자를 아끼지 않았다.

그러나 산 넘어 산이라더니 급기야 IMF가 닥쳐왔다. 반월 공단 보승산업에만도 부도가 2억 5천이다. 여기 저기 합쳐 6억 정도다. 많은 업체들이 도산되어 일이 없었다. 못 받은 돈 한 푼이라도 챙겨 보려 뛰어다니지만 보태서 돈 버리게 된다. 덩달아 문을 닫게 되는 것이다.

1997년 12월 24일 아침, 남대문 상가의 상인 한 분이 KBS 보도국 용태영 사회 2부 차장에게 삐삐를 쳐서 만났단다.

"경제가 어렵다는데 우리가 갖고 있는 금을 국가에 헌납하면 어떻겠어요. 그 금을 국가가 수출하면 달러를 받아 올 수 있을 텐데요. 꼭 좀 추진해 보세요." 하는 내용이었단다. 국내에 묻혀 있는 금 2,500~3,000톤 중 1,000톤을 수출하면 100억 달러의 빚을 갚을 수 있다는 것이다. 이 일이 추진되는 공고를 보았을 때, 포천서는 그래도 먼저 국민은행을 찾아갔다. 결혼식 때 금반지, 아이들 금반지, 아끼던 행운의 열쇠, 금 두꺼비 등을 싸 들고 말이다.

우리나라에는 애국자들이 많다. 희망이 있다. 나라가 위급할 때는 우국충정이 발동한다. 내 생각은 이렇다. 이미 불탄 자리엔

다시 탈 것이 없다. 손해 본 것은 본 것이고, 이에 연연해서 일도 못하고 보태어 버릴 것이 없다는 것이다.

　도시락을 싸라 했다. 점심 값이 새롭다. 문을 닫지 않고 아직 까지 돌아가는 곳은 그래도 견디는 곳이다. '산 자는 산 자와 더 불어 살아야 하는 것이다.' 거칠 것 없이 영업을 하며 거래처를 만들었다. 더 열심히 하는 것이 사는 것이다. 성수동을 돌다가 시내엘 들어가면 도시락 먹을 곳도 마땅치 않았다. 장충동 남산 중턱의 국립극장이 닐찍해서 운동장 구석에 가서 밥을 먹고 다 시 내려와 인현동 골목을 헤맨다. 대구, 부산, 익산, 전주 등 전 국으로 확대했다. 더욱 힘을 모았다. 처음은 밤 열 시까지 연장 근무를 하다가 주야 2교대로 밤낮 없이 일을 했다.

그러나 금은지 한 종목만으로는 한계가 있을 것 같았다. 금은지는 고급 포장지이다 보니 계절을 타는 것이 문제였다. 기왕 종이를 사서 가공을 하는 것이니 보편성이 있는 골판지도 해보자. 그러면 금은지 원단과 골판지 원단이 생산되면 BOX도 다양하게 만들 수 있는 공장이 될 수 있지 않을까? 제 2차 도약을 해야겠다.

보통 하나의 직업으로 평생을 살기도 한다. 그러나 나는 선생님도 해보고 지도자로서 농사꾼도 해본 터에 사업가로서의 삶도 기대가 된다. 돈도 많이 벌어서 좋은 곳에 쓰고 싶다.

5. 은광판지 포장주식회사로

시화공단의 큰 골판지 공장들을 견학한다. 삼보판지, 태림판지 등 우리가 감히 넘겨다보질 못할 상황이다. 일부 기계 하나만 해도 몇 십억이란다. 용인 지방의 작은 골판지 공장들을 둘러본다.

"골판지는 골 때리는 것이니 하지 말라."는 충고들을 한다.

경쟁자가 더 생겨서인가? 내 생각은 금은지는 특수지이니까 계절을 타므로 보편성이 있는 보충 역할이 필요했다. 정책적으로 모든 농산물도 포장을 유도한다고 했다. 용인이나 안산 등에는 크고 작은 골판지 공장이 많지만 한수 이북에는 파주 가는 곳에 부영판지 하나뿐이다. 물론 나중에는 한국에서 제일 큰 태림포장이 코앞 포천의 같은 년에 땅을 사고 들어왔지만…….

대지를 메운 곳에 공장 두 동을 더 지어 금 은지를 옮기고, 그 자리에 기계 값 5억 5천만 원을 들여온 중고 기계로 골판지 원단

을 만드는 골게이터 라인을 구축했다. 한 라인으로 연결되는 자동화 기계이다. A골, B골, E골. 여기에 AB골, BE골 등 다섯 가지 제품이 나오도록 대구 영우기계에서 설치했다. 물론 초기에는 많은 시행착오가 있었다. 이효종 상무의 장난질에 손해도 있었다. 다시 상무를 조정식으로 바꾸고 할 수 있는 대로 재투자하면서, 처음 1억 5천 빚이 무서워 팔았던 두 동을 다시 사들여 BOX를 만드니, 제1공장은 금은지 공장, 제2공장은 골판지 공장, 제3공장은 BOX 공장으로 하고 사무실을 지었다.

이 세 공장을 한데 묶어 은광판지포장주식회사로 하여, 보통주 8만 주, 자본 총액 4억 원으로 2001년 2월 27일 주식회사 등기를 하고, 2005년 10월 30일에는 금은지, 골판지, 박스 가공뿐 아니라 가공 판매업에서 통신 판매(인터넷), 서비스업까지 부대 사업 일체를 추가 등기하고 사업 중이다.

명인포장, 장원사, 용제판지 등에서 외주 생산도 하고 상현포장은 은광판지 제2공장으로 외주 생산을 한다.

특허청장으로부터 '실용신안 등록'과 '의장 등록', '상표 등록', '특허증'을 받았으며, 노동부장관 한국산업안전공단으로부터 '클린 사업장 인정서'를, 경기지방 중소기업청장으로부터 '경영 혁신형 중소기업 확인서'를 받았고 'ISO 9001 : 2008 품질 경영 시스템 인증서'도 받았다.

'실용신안 등록' 사항을 보면,

제0346378호 보신 골판지 BOX

제0374709호 신선도 유지용 골판지

제0374710호 정전기 방지용 골판지

제0380167호 의류용 골판지

제0393490호 식품 포장 용지 및 이를 이용하여 제작된 식품 포장 상자

제0396674호 기능성 포장 용기

제0403305호 골판지 BOX

'의장 등록'은,

제0345363호 의장의 대상이 되는 물품 포장 상자

'상표 등록'은,

제40-0654863호 인간과 자연이 함께한다. <인자함> 제16류 골판지 등 4건

'특허증'은,

특허 제10-0656938호 기능성 포장 용기

그리고 '공장 등록' 상황을 보면,

은광산업 이강규를, 은광판지포장㈜ 이강규로 변경했다가 이번에 대표자를 이용광으로 하면서 다음과 같이 등록하였다.

<공장 등록>

회사명 ; 은광판지포장(주)

전화 ; 031)544-3761

대표자 성명 ; 이용광

법인 등록 번호 ; 115411-0025851

공장 소재지 ; 경기도 포천시 가산면 우금리 280-5번지 외 3필지

지목 ; 공장 용지

보유 구분 ; 자가

공장 등록일 ; 2002-03-06

사업 시작일 ; 2001-02-27

종업원 수 ; 남 10, 여 5

공장의 업종 ; 골판지 및 골판지 상자 제조업 외 2종

공장의 업종 분류 번호 ; 17210, 17222, 17229

공장부지 면적 ; 3,279.00㎡

제조 시설 면적 ; 718.60㎡

부대시설 면적 ; 580.08㎡

증설 승인 등록일 ; 2010-05-06

6. 회장님! 새 사장님!

7월 2일은 회사 창업 기념일이다. 야영 단합 대회를 개최하기로 하고 가평군 청평 안전 유원지에서 1박 2일로 3개 공장과 사무실 판매 부서까지 네 파트가 족구도 하고 물놀이도 하고 각종 게임을 했다. 우금농원과 서운동산에도 가서 잔디밭에서 즐겁게 놀았다. 삼밭골 계곡과 이동면 폭포수 유원지로도 갔다. 이 모두가 우리가 단합되고 발전하는 원동력이 되는 것이다.

외국인들을 일요일에 몽고 문화원도 데리고 가고, 임진각 관광도 시켰다. 올해는 포천 종합 운동장에서 각 산업체들이 모인 중에서 1등을 했다.

서울 부근의 과수 브랜드는 먹골배이다. 남양주 먹골배가 유명하다. 배 BOX 물량이 상당하다. 별내면 은지농장 엄 회장과 만나 계약하고 먹골배 박스를 만들었다. 재배 농가마다 몇 해를 차로 배달했다.

그런데 포천 특산물은 인삼, 버섯도 있지만 포천 꿀포도이다. 그 BOX를 포천 사람이 경영하는 은광판지포장을 두고 충청도에서 만들어 온다면 말이 되겠는가. 가산면 포도 작목반과 내촌면 포도 작목반이 가산 농협 2층에 모여 은광에서 포천 꿀포도 상자를 만들기로 했다. 반가운 일이고, 긍지를 갖고 일하게 됐다.

어느 날 마전리 작목반에서 회사를 방문했으나, 내가 출타 중에 있어 못 만났다. 무엇이 문제였나? 농협에서 작목 반원을 소집했단다. 포도 상자 예약을 보이콧하자는 것이란다. 농협에 불려 가 일일이 답변하고, 그들이 원하는 것보다 더 잘해 주기로 약속했다. 골치가 아팠다. 또 금년에는 저 건너에 체육관을 짓기로 했는데, 우리 회사를 위해 기도해 주는 인천의 문학당 보살이 올해는 건축을 하지 말라는 것 아닌가? 이 모두가 충격이 컸다.

여름 휴가도 아니 가고 불철주야 고심하던 중, 언젠가 코미디언 배연정 씨가 입이 돌아가도록 망했다고 하는 말을 들었는데 안면 마비가 왔다. 왼쪽 귀가 몹시 가렵더니, 목이 아팠다. 목감기인가 싶어 약을 사다 먹었는데 더했다. 의료원엘 갔더니 마비가 온다는 것이다. 빨리 큰 병원으로 가란다. 의정부 성모병원으로 이송되어 검사 중인데 점점 더해 갔다. 귀가 안 들리고 눈이 안 감겨서 깜박이지를 못했다. 입이 돌아가 삐뚤어지고 말소리가 안 나왔다. 음식을 먹을 수가 없고 물만 마시려 해도 사레가 들린다. 목젖이 식도를 막은 채 마비가 되어 음식이 폐로 들어갔다는 것이다. 가슴을 뚫고 호스를 넣어 물을 뽑아낸다. 바이러스 침투로 16%의 마비가 왔단다. 점점 죽을 지경이었다.

어느 날 새벽이었다. 아마도 꿈이었으리라. 옛날 내가 태어난 생가 터에 많은 사람이 모였다. 동지회 총무인 신영원이 터덜거리며 누런 봉투를 옆에 끼고 왔다.

"많이 오셨습니까?"

"글쎄 내가 청하질 않았으니 얼마나 모였다고 해야 하나?"

음식상에 같이 앉아서 보니 가산리 사는 남상철 씨가 검은 양복에 정장을 하고, 뒤에 역시 검은 옷을 입은 누구를 데리고 오면서 손짓을 한다. 그 자리에서 일어나 용팔이네 사랑으로 들어가라고 손짓하며 인사를 했다. 동네 용극이 아들 익순이가 옷을 갈아입으란다. 바지를 입고 윗옷을 입었다. 주머니를 만져 보니 줄자와 칼, 그리고 무언가 세 가지가 들어 있다. 용팔이네 사랑으로 모신 손님을 맞으러 가려는데, 내려다보니 십여 개의 계단이 있고, 계단 양쪽에 꽃 화분을 놓았는데, 전부 아래쪽으로 쓰러뜨려 놓았다. '왜 꽃을 거꾸로 놓았을까?' 생각하면서 계단을 다 내려가니 꽃상여가 꾸며져 있다. 호상이 아버지시란다. 그 상여 앞쪽으로 나아가니 웬 회오리바람이 일기 시작하여 상여를 둘둘 말아 계단 위로 올라가는데 옆에 쓰러져 있던 화분들까지 다 둘둘 말아서 하늘로 올라가는 것이다. 원 별 일이다. 신기하고 너무나 또렷하고 생생한 꿈이었다. 아마도 조상이 돌보시나 보다.

　15일간 응급 치료를 받고, 문병하러 온 이용극의 조언도 있고 해서, 경희대 한방병원으로 옮겼다. 침을 맞고, 전기 치료도 하고, 물리 치료도 하고, 테이프도 붙여 가면서 온 정성을 다 기울였다. 4개월을 치료받았는데 음식을 먹고 말을 할 수는 있으나, 왼쪽 귀는 명음만 울릴 뿐 전혀 안 들리고 눈을 깜빡이지 못하고 입이 삐뚤어진 상태 그대로이다. 수원 아주대병원 신경과도 찾아가 보았다. 별 마비이기 때문에 치료가 안 된단다.

　입원 기간이 길다 보니 사장의 공백 기간이 길어 공장이 문제가 많았다. 아들이 있고 며느리가 있지만 대표자가 없다 보니 여러 가지 문제가 발생한다. 사촌 동생 봉식이가 용인에 있는 절의 보살이 침을 잘 놓는다고 하기에 침을 맞으러 다니기로 하고 퇴원을 했다.

　사무실 뒤에 골방을 하나 만들어 회장실로 하고, 일선에서 물러나 아들을 사장으로 세우고 나는 뒤를 돌보기로 했다.

　아침이면 용인에 가서 보살한테 동침을 맞고, 10~11시면 회사에 출근을 했다. 직원들을 달래고 사장 만들기를 하자는 것이다. 사장은 급했다. 이것저것 직접 나서야 했다. 내부적으로 직원 통솔에서 생산까지, 외부적으로 거래처 관리에서 영업까지, 물론 시행착오도 있다.

　은행과 어음 관리, 재정 관리는 내가 해주면서 용인에 두 달,

강남 일침한의원에 두 달, 동대문 오거리한의원에 두 달, 광릉내 보광한의원에도 두 달, 의정부 백병원에도 두 달, 이봉교 박사가 경희대 의과대학을 퇴임하고 청량리에서 하루 2시간씩을 봉사하시는 이문한의원에도 두 달을 다니며 자꾸 오게 해서 미안하다는 말을 들으면서 침을 맞았다. 문학당의 소개로 부평의 무슨 박사에게도 두 달을 치료받았고, KBS와 중앙일보의 본부장이신 김창경 씨의 소개로 대체 의학자 한정식 박사를 만나게 되었다. 그는 과학 수사대의 의사이기도 하고 각처에 강의를 다닐 뿐 아니라 한 달에 일주일씩은 고흥군 나로도에 사회봉사를 가신다. 섬까지 따라가면서 두 달을 침을 맞다 보니 '금침'을 맞으라는 것이다. 1회에 30대씩 5회를 1,200만 원을 들여 침을 맞았다. 금침학회 회장이라는 분이 직접 와서 처음에는 동침으로 다스리고 금침을 놓았다. 몸속에 넣었으니 죽어서도 가져가리라.

인천 문학당에서 기도한 지도 몇 해, 음력 4월 초파일이면 명찰을 찾아 등불을 단다. 경주 불국사를 비롯해서 속리산 법주사, 불탄 양양 낙산사, 부석사, 만불사, 오대산 월정사를 찾아 기도했다. 의정부 불일정사의 젊은 여 보살에게 부항을 뜨러 다녔다. 예약 시간에 맞춰 4층 계단을 손잡이에 매달려 올라가면, 두 시간은 기다려야 한다. 처음에는 매일매일, 그 후는 3일에 한 번, 일주일에 한 번, 15일에 한번, 또 45일을 주기로 피돌기를 한단다. 또다시 매일 매일……. 모든 병이 피 순환과 연관이 있으며 피돌기가 안 되면 피가 머물러 굳은 피가 고인다는 것, 간과 신장이 안 좋아 앞가슴과 배에, 다리가 안 좋아 무릎에다, 팬티만 입은 사람을 또 엎드리게 하고 어깨, 등허리, 무릎에, 다시 일어나 이번에는 얼굴에…… 그냥 부항이 아니고, 침과 바늘로 구멍을 낸 다음에 작은 컴프레서가 달렸는지 빠는 힘이 세다. 굳은 피가 나오다 못해 거머리 같은 선지피가 나온다. 갈 때마다 3만 원을 시주함에 넣는다. 아마도 병 낫기를 바라지 말라는 것이 부처님의 뜻인가 보다. 입 삐뚤어지는 것이 문제가 아니다. 집어당기고 눈 뜨기가 불편하고 양쪽 눈의 초점이 맞질 않아 내가 하는 운동이라고는 게이트볼인데 점점 정확도가 떨어진다. 부항도 뜨고 침도 겸해 주었으면 해서 강원도 철원 동송에 있는 만복한의원을 다녔다. 또 김창경이 말하기를 자기 부인도 다니며, 강남 논현동 무강한의원에서 침도 놓고 부항도 뜨는데 잘한다고 하기에 또 귀가 얇아져서 옮겼으나 여전했다. 안 낫는다 해도 언젠가 구인을 만나면 좋지 않겠나 싶어 그대로 있을 수 없으니 하는 데까지 해보자. 실크-Q가 필수 아미노산으로 누에고치에서 분리한 하늘의 선물인 건강식품이라 해서 먹는다. 파주 광탄리에 나누리 수중실이라고 생약으로 찜질을 하여 땀을 흘려 노폐물을 빼고 부항을 뜨러 일요일마다 갔다. 의정부 사는 친구 윤회순의 딸이 무슨 건강식품을 권했고 등촌동 무슨 연구소에서 무슨 치료를 한다기에 가 보니 초음파 치료란다. 안 해보던 방법이기에 또 속는 셈치고 한 두어 달 또 다녔다. 기계를 사서 집에서도 하란다. 큐라파니 뭐니뭐니 하여 몇 가지를 계속 사란다. 더 낫는 것도 아닌데⋯⋯. 꽤 꾸준히 이것저것 다해 봤으나 얼마나 더 불편할 것인가? 이제는 치료를 포기해야 할까 보다. 중간에 좌절하는 것은 내 양심이 허락지 않을 텐데 고민이다. 보라매공원 옆에 약손지압원이 있다. 주물러 주니 또 다닌다. 봉천동 베네슈에서 발마사지와 전신 마사지를 받았다.

그래도 그 와중에 회사는 일취월장 발전했다. 젊은이가 늙은 이보다는 나은가 보다. 매출도 배로 늘었다. 창고도 모자라서 유성제과로 지은 건물 80평을 임대해 쓰면서 비닐하우스 60평을 지어 창고로 사용했다. 파짓간을 옮기고 80평 창고를 더 지으려 한다.

인터넷 판매로 매일 500만 원이 입금된다. 원자재 종잇값이 해마다 오른다. 남들은 물건 사기가 어렵다지만 그래도 신용이 있어 5억 원의 돈을 융자하여 물건을 사서 다른 거래처에 그대로 판다. 공장은 굴뚝 산업이라 했지만 요즘은 아니다. 물건을 가공만 할 것이 아니라, 판매도 해서 이익을 창출하는 것이 기업이다. 세계적으로 경제 위기라서 일이 없다지만 더러는 선돈 받고도 못해 간다. 하늘의 돌보심인가! 부처님이 도우시나, 조상님들이 돌보시나? 감사할 뿐이고 힘에 맞는 대로 좋은 일도 해야 하겠다.

제7부

덤으로 사는 세상…… 〈내가 한 일이 있다면〉

1. 장학 사업

노랫말 하나 적어 보자.

세상에 올 땐 내 맘대로 온건 아니지만은
이 가슴엔 꿈도 많았지.
세상에 없는 내 것을 찾아 낮이나 밤이나
뒤 볼 새 없이 나는 뛰었지.
이제 와서 생각하니 꿈만 같은데
두 번 살 수 없는 인생 후회도 많아.
스쳐 간 세월 아쉬워한들 돌릴 수 없으니
남은 세월이나 잘 해봐야지.
돌아온 인생 부끄러워노 시울수 없으니
나머지 인생 잘 해봐야지.

2008년 5월 5일 어린이날이다.

일찍이 아들 며느리는 송우리 아파트에 내보내고 셋째 사위 정택훈, 그러니까 전곡 사는 선애를 데려다 같이 살면서, 딸 셋을 키우는데, 둘째 외손녀 정민은 포천초등학교 배드민턴 선수이다. 제 애비의 영향을 받았나 보다. 그런데 학교에서 가족 사진이 필요하단다. 물론 제 부모와 찍은 것은 많지만 외할아버지와 외할머니까지 말이다. 어린이날이기도 하니 사진 찍으러 허브 농장도 들르고 전곡리 선사 유적지 행사를 보러 갔다. 한탄강 유원지에서 점심을 먹는데 결혼 안 한 막내딸 윤희에게서 전화가 왔다. 그와 사귀는 남자가 인사를 오겠다는 것이다. 예고도 없이 불쑥 오겠다는 것이 마땅치는 않지만, 혼기를 놓치고 있는 딸을 생각하면 환영할 일이 아닌가. 집으로 오후 두 시에 오겠다 했으니 시간이 없다. 처음 찾아오는 사람보다는 그래도 우리가 먼저 집에 가 있어야 할 것 아닌가. 나와 집사람과 딸, 이렇게 세 사람만 먼저 부랴부랴 떠났다. 백의리를 지나려니 식곤증인가 집사람은 벌써 잠이 들었고, 나도 졸음이 온다. 평상시 같으면 길가에서 잠깐 눈을 붙이고 가련마는 빨리 가야 한다는 강박 관념에 참고 간다. 노래도 흥얼거리고 군것질 주전부리도 하며 갖은 방법을 동원하면서 창수를 지나 골프장 입구를 거의 왔다. 곧은길이다. 아차, 하는 사이에 깜빡 졸았는지 눈을 떠 보니 전신주가 바로 앞을 가로막는 게 아닌가. 번뜩 머리가 빨리 돌아간다. 서자니 늦었고, 왼쪽으로 꺾으면 전복되겠고, 오른쪽으로 꺾으면 집사람이 더 위험할 것 같았다. 안 되겠다. 브레이크를 밟으며 정면 승부를 치러야 했다. 엔진 중앙, 그러니까 나와 집사람 사이로 전주가 쑥 들어오는 것을 느꼈다. 나는 에어백이 살렸고 집사람은 붕 떠서 앞 유리를 머리로 받아 유리가 깨지면서 머리에 몇 알 박히고 피도 몇 방울 맺혔다. 딸은 뒷좌석 가운데 앉았다가 앞의 두 의자 사이로 넘어 오느라고 넓적다리에 멍이 들었다.

그나마 천행이었다. 사람은 이 정도이고, 오히려 그 큰 전신주가 부러져서 꺾어졌다. 보험회사는 전주 값을 64만 원 변상했단다.

구급차를 불러 포천의료원에 입원했다. X-레이 등 각종 검사를 받고, 한 병실에 나란히 누웠다. 차는 엔진이 박살나서 폐차시키기로 했지만, 사람은 부러진 데도 꿰맬 데도 없고, 소독약만 바르고 파상풍 주사만 맞은 채 병원에서 3일간 간병을 받으며 있다가 퇴원했다. 무엇이 돌봐도 돌봤다. 아마도 내가 할 것을 못 다했나 보다. 그래서 아직은 아니 데려가고 이렇게 큰 사고로 경고만 준 것인가 보다.

이렇게 사고가 많은 내 인생! 그래서 고마움이 더 많다.

나는 이제부터는 덤으로 사는 인생! 무엇을 해서 멋진 사람으로 살까? 좋은 남편, 따뜻한 아버지, 푸근한 할아버지가 되고 싶다. 그리고 좋은 이웃도 되고 싶다. 정말 아까울 것 없는, 덤으로 사는 고마운 이 남은 삶을…….

할 수 있는 일이 있다면 힘써 보리라. 그러면 자랑 같더라도 그동안 내가 해 온 일들을 열거해 보리라.

3년간 서울 가서 불우한 청소년들과 보낸 것은 놔두고라도 가산면 새마을 지도자 협의회장으로 있으면서, 경북중학교 학부형회 감사를 여섯 번 하면서, 중학교 신입생 3명씩을 매년 선발하여 장학금 지급을 해 왔다. 다른 때보다 입학식 때 장학금을 타면, 그 학생들이 공부하는 3년 동안 약발이 붙어 효과 100%다. 3년간 그들이 고맙다는 말과 함께 글로써 편지를 아끼지 않는다. 학교 전체의 성적들이 좋아서 좋은 학교에 많이 진학하게 되었다. 물론 내 아들 이용광도 이 학교에서 1등을 하고, 의정부고등학교에 갔고 대학도 보냈다. 이사들 간에 사이도 돈독해져서 마산 2리 이상학 씨가 중신하여 큰딸 천애도 시집보낼 수 있었다.

마치미 4H 구락부 총무 박동만이 신학대학에 입학했다기에 등록금을 대주었으나 그는 성공을 못하고, 중간에 폐결핵으로 갔다. 너무 아쉽다…….

나는 회사 근무를 하면서, 야간에 대진대학교 경영대학원 CEO 과정을 1기로 졸업했다. 그 후 조정식과 이환순을 졸업하게 했고 그들은 열심히 회사에서 근무하고 있다.

기독교 목사가 이끌어 가는 사랑 밭 후원회는 적은 액수지만 8년간 매월 지원을 하고 있다.

2. 경조 사업—아산 이씨 대종중

아산 이씨 대종중을 보자. 대한민국 성씨 변천사를 보면, 아산 (牙山) 이씨(李氏)시조는 경주(慶州) 이씨(李氏) 중시조인 소판공(蘇判公) 거명(居明)의 5세손으로 고려조 평장사 승훈(承訓)의 둘째 아들 주(周)자 좌(佐)자이시다.

경주 이씨는 시조 이알평(謁平)─유(侑)─타(它)─중가(仲嘉)─석 (奭)─문상(文祥)─방(昉)─수장(秀章)─수(綬)─기정(起貞)─미선(美善)─성립(成立)─서(曙)─계훤(啓煊)─걸(槤)─선장(宣璋)─기첨(基瞻)─인흥(仁興)─확(擴)─선정(善禎)─체(棣)─태휘(泰暉)─우영(友榮)─준(駿)─소(紹)─경지(敬智)─욱(頊)─원장(元長)─한로(漢老)─계양(季陽)─도(禂)─사언(嗣彦)─기(岐)─희두(禧斗)─계(誡)─경주 이씨 중시조 거 명(居明)을 내려오면서 동성 이씨아 함천 이씨, 완산 이씨가 나왔고, 다음 중시조 일세조 소판공(蘇判公) 거명(居明)으로 하여금 금 현(金現)─금서(金書)─윤홍(潤弘)─승훈(承訓)의 둘째 주(周)자 좌(佐)

자이신 목종조(穆宗朝) 형부상서를 지내신, 거명의 5세손으로 아산 이씨로 분적되었고, 가평 이씨, 평창 이씨, 재령 이씨가 나왔고, 그 후 우계 이씨, 원주 이씨가 나왔다.

가까운 곳에 백사 이항복 선생은 중시조의 26세손이시다.

〈아산 이씨 10개 파〉

아산 이씨 대종중 분파를 보자.

형부상서 주좌(周佐)를 시조로 하여, 1세 아주백(牙州伯) 서(舒), 2세 병부상서 양중(養中), 3세 좌복시 윤중(允重), 4세 문하시중 옹(邕), 5세 참판공 천계(天桂), 6세 대사헌공 원생(原生), 7세 정자공 종신(宗信), 8세 사직공 석근(碩根)으로 8세까지를 모시고, '아산 이씨 대종중'으로 하며, 10개 파로 갈라지니 영의정당(領議政堂)공파(선천),. 처사(處士)공파(선천), 감정(監正)공파(인천), 정언(正言)공파(봉산), 부윤(府尹)공파(파주), 대사간(大司諫)공파(봉산), 사인(舍人)공파(남양, 이천), 현감(縣監)공파(천안, 공주), 사직(司直)공파(포천, 홍천), 아성군(牙城君)파(괴산, 논산, 정읍, 천안, 평택, 인천, 용인, 충주, 연기, 문의, 직산, 성환, 둔포, 아산, 영인) 등 8세까지 10개 파이다.

교통이 불편하던 시절 사직공파는 '포천 아산 이씨 종중'이라 하여 선조들을 모시고, 시제를 해마다 받들며, 불정산에서 땔나무 해 가는 가산면 주민들에게 세를 받고, 나무를 길러 산판을 하는 등 재정을 모아 옥금수산도 사고, 크고 작은 농지들을 많이 확보했었다.

그러던 어느 날 밤 공무원 하던 이만순, 학교 교장 하던 이택규, 정당인 이용재 3인이 종중 책임자들에게 밤새껏 졸라 운영권을 인계받아 전국 10개 파를 한데 모아 '아산 이씨 대종회'를 구성하고, 옥금수산을 팔아다가 안암동에 사무실을 차리고, 다른 파의 재산은 흡수하지 못 한 채, 포천 아산 이씨가 관장하던 재산만을 대종중 앞으로 등기해 놓았다.

즉 다른 파들은 재산은 안 들여 놓고 몸만 들어온 격이었는데, 그런 와중에 아성군파에서는 용팔이 사건 주동자였던 이택희가 총회 시 많은 종인들을 관광차에 데리고 와서 회장 자리를 차지했을 뿐만 아니라 사업을 합네 하고 대출하는 데 보증으로 사무실을 쓰고, 포천 아산 이씨에서 대종중으로 이전한 산과 전 토지를 아성군의 사패지 운운하면서 아성군파로 등기하고, 아성군파 종중 회장을 겸임하면서 함부로 저당하면서, 돈을 쓰고 난리가 났다.

1993년 10월 31일, 동대문 경찰서 4층 회의실에서 대종회 창립 총회를 개최, 포천 지역을 중심으로 인천, 천안, 평택, 남양, 충주, 괴산, 원주, 홍천, 호남 지역, 선천 지역, 황해도 지역의 각 종인들이 합심하여 준비·결성되어 맞고소하게 되었으며, 재정도 각 파가 분담하기로 했으나 실질적으로 사직공파만 출혈을 해서 변호사 비용을 마련했다. 사직공파는 맞 파인 남양위파가 더 부담하고, 둘째인 대호군파와 셋째 참판공파에서 공히 같이 부담하게 되니, 대호군파 회장인 나도 10년 재판을 진행하는 동안 공금은 종중 돈을 대지만 각종 회의나 출타 때 여비나 점심값을 각자 지출하면서 송사를 진행하였다. 결국 이택희는 감옥으로 보내고 옥금수산 팔아다가 산, 사무실을 겸한 아파트 건물은 날아갔어도, 나머지 부동산은 대종중으로 환원하고 사직공파 이용현을 회장으로 뽑아 안정시켰다. 손본 것은 손봤더라도……

〈대호군(大護軍)파 소종중(小宗中)〉

우리 대호군파 종중을 보자.

용덕이를 종손으로 하는 연천파와 포천의 웃말파, 그리고 홍천파가 합쳐 '소종중 대호군파'이다. 내가 회장을 맡아 총회 모임을 해마다 하면서, 야영 대회를 하는 등 종인들을 교육할 뿐 아니라 결속을 시키면서, 따로 흩어져 계신 조상님들을 한데 모시기로 했다.

먼저 9세인 대호군(大護軍) 영(泳)의 아드님, 10세 승의랑(承義郎) 경춘(景春)공께서는 군내면 상 성북리 구읍 잦뒤에 계셨다. 대종중 시제를 모시면 다음날은 대호군 산소에서 구읍으로 가고, 그 다음날은 나무골로 가야 하나 그 중간에 있는 어룡리를 갔다가 나무골을 갔었다.

우선 10세 승의랑 경춘(景春)공 할아버님을 대호군 선영하로 이장하여 모시고, 11세 덕관(德寬)공, 12세 경(敬)공, 13세 의번(義蕃)공 3대의 내외분들을 포천면 동교리 나무골 선비산 국내에서 대호군 선영 아래 경춘공 할아버님 아래로 나란히 이장하여 모셨다. 그리고 그 땅들을 정리하여 운천 자일리에 논 5,000평을 사서 포천시 영북면 자일리 940번지의 13과 18에 7,142㎡, 1,125m 및 1126번지와 930-7번지의 4,837㎡, 합계 13,104㎡의 면적에 인삼 경작을 하게 하면서 '대호군파 소종회'를 운영하게 했다.

포천면 어룡리!

14세 가선대부행 초산부사 병마첨절제사 부군과 보성 오씨 할머니가 계시고, 15세 통덕랑공과 전주 이씨와 안동 권씨 할머니, 16세 청주 양씨 할머님 등 3대를 사초해 모셨다.

포천시 신읍동 425 임야 18,063㎡, 신읍동 422번지 전 7,726㎡가 용대, 용화, 익순의 이름으로 연명되어 있지만 우전으로 조상을 모시고 대대로 윗대 시향을 모시고 있다.

〈큰댁〉

이민 가시던 할아버지와 큰아버지, 작은아버지는 김화까지 거우 가서 머무르다가 작은아버지는 서울로 올라가시고, 발길을 연천으로 돌려 증조할아버지가 묻혀 계신 상리 좌천에 정착하시었다.

결국 할머니와 큰어머니는 거기서 돌아가셨고 6·25전란 1·4 후퇴 때 피란으로 다시 포천으로 돌아오시게 되었다. 그래서 아버님과 작은아버님이 힘을 합쳐 집을 지어 드리고, 농사하여 추수하면 타작마당에서 볏섬을 보내시고, 위 고비재 논도 한 자리 드려 농사하시며 사시게 해 드렸다.

그리고 최근의 일이다. 큰댁의 윗대를 보면, 어찌 된 일인가? 증조할아버지는 연천에 계신데 증조할머니는 불정산 지청골에 게시고, 할아버지는 돌아가셨을 때 시중공단 아래에 모셨지마는 할머니 우봉 김씨 할머니는 연천에 계시고, 큰아버님은 할아버지 옆에 모시게 됐지마는 큰어머니 청해 이씨는 또 연천에 계신다. 사촌이 돌아가 역시 시중공단 아래 3대가 나란히 계시니 이리로 합장을 해 드려야겠다. 큰아버지가 생전에 그렇게 원하시던 일인데…….

큰집 조카들과 작은집 사촌들, 그리고 우리가 돈을 모으게 했다. 그렇게 해서 연천군 내면 상리 원우동에서 증조할아버지와 불정산 직동 지청골에서 증조할머니를 우금리 시중공단 아래 할아버지 위에 새로 합장해 모시고 아울러 연천에서 할머니와 큰어머님을 모셔다 합장해 드렸다.

선대 얘기를 했으니 내 부모 모시는 얘기도 해보자.

〈나의 부모〉

사람이 서로 만나 결혼해서 회혼을 맞으면 그도 큰 복이리라. 그 품의 자식 또한 복을 누린 것이다. 날짜는 몰라도 햇수는 알기에 가을 10월 상달에 회혼 잔치를 했다. 그리고 여행을 제주도로 모시고 갔다. 장급이지만 호텔에서 방 둘을 얻었다. 아무리 자식이라도 이럴 때 셋이 있을 수는 없지 않은가. 한 방은 두 부부가, 한 방은 들러리 겸 안내원인 아들이 쉬는 방이다. 기분이 묘했다. 엿볼 수도 없고…….

다음날 일행들과 관광을 떠났다. 회혼 여행이라 했더니 모두들 환영해 주었다. 어머니는 노래를 잘 몰라 산토끼를 하셨지만, 아버지는 그렇게도 노래를 잘하시는 줄을 나도 미처 몰랐었다. 앵콜 송도 척척이셨다. 여행 오기를 참 잘했다 싶었다. 그러나 세월은 금세 흘러 근력이 안 좋아지셨다

한 번은 가산면 노인회에서 관광을 가게 되시기에 아버지를 모시고 따라가게 되었다. 모두 아버님하고 절친하신 분들 아닌가. 양평, 홍천을 지나 인제, 원통을 지나서 설악산엘 갔고, 케이블카로 권금성엘 올라가서 망원경으로 전경을 둘러보시게 하였다. 하시는 말씀이,

"여기는 설악산이 아니냐? 뭘 온 데를 또 왔느냐." 하시기에 나는 돌아서서 흐르는 눈물을 주체 못했다.

나의 아버님은 나무를 해다 팔아서 송아지를 마련하셨고, 송

165

아지 길러 달구지 끌 소를 만들고, 달구지에 숯과 나무를 실어서
의정부, 미아리를 지나 돈암동에 가서 팔아다가 이 불효 자식 배
안 곯리고 쌀밥 먹여 기르고 공부시켰을 뿐 아니라 논밭, 집을
사서 남부럽지 않게 사셨다.

　어느 날,

　"강규야! 나와서 이 책상 맘에 드는지 보아라." 하신다. 아버님

등에는 나무로 만든 책상이 어깨의 멜빵에 걸려 있었다. 늘 달구지를 끌고 다니시는 분이 자식을 위해 어디서부터 직접 지고 오셨는지 감격스러웠다. 6·25피란 때에도 싣고 다녔다. 아들 공부시킬 목적으로…….

부모님의 크신 뜻과 깊은 사랑을 어찌 잊을 수 있을까. 부모님의 은혜를 만분의 일도 못 갚은 불효자는 그저 소리 없이 울 뿐이다. 아버님은 늙어서도 지게를 지시고 소 먹이시려고 풀을 베어 오신다……. 자식이 목장을 하니 지게를 못 벗으셨다.

아버님은 약주는 안 하셔도 담배는 즐겨 피우셨다. 아침에 눈을 뜨시면 담뱃불부터 붙이시고 그 불에 다시 무시는 줄담배셨다. 그래도 여든일곱을 수하셨다.

〈어머니, 나의 어머니〉

아무것도 없는 집안에 시집오셔서, 재산을 일구시고 소아마비로 병신된 자식 하나 바라보면서 올바르게 키우시느라 얼마나 애태우시며, 얼마나 우셨을까?

어머님은 마음이 넓고 손이 크신 여장부이시다. 장리쌀을 가지러 오거나 쌀을 사러 누가 오면 마음이 후덕하셔서 말을 한 번 바닥에 굴러서 쌀이 더 담아지도록 하셨다는 동네 어른들의 칭찬이시다.

시골서 고생 그만하고 서울 사람되려고 용산구 보광동 버스

종점 옆에 4층짜리 다가구 주택 신축 건물을 사서, 네 가구를 세 들이고, 방 셋에 널찍하게 이사 갔으나 서울 생활이 잘 적응이 안 되셨나 보다. 한 40일 지내시더니,

"얘, 시골로 다시 가자." 하시는 말씀에 집은 아들 이름으로 증여해 주고, 도로 시골로 온 터에 새로이 집을 지어 여생을 보내시게 할 양으로 헌집과 집터를 팔았다.

그러나 건축 허가가 쉬 나오리라 생각했던 것이 군사 동의가 자꾸 반려되는 바람에 목장 외양간에 임시로 방을 꾸리고 집을 헐게 내어 주었으니 부모님께 불효를 면키 어려웠다. 그런 와중에 사위와 아이들이 공놀이 하는 것을 구경하시다가 어머니에게 공이 날아와 뒤로 넘어지면서 엉덩이뼈가 부러지는 불상사가 있었다.

포천의료원에서 인공 뼈를 박고, 일주일 만에 퇴원하셨는데 같은 시기에 입원했던 정교리 할머니는 같은 사고로 같이 수술하고 같이 퇴원하셨지만 그로 인해 돌아가셨다는 소리를 들었다.

신축 공사를 위해 군사 동의를 얻으려고 광릉에 있는 관할 부대를 여러 번 찾아갔다. 결론은 국방부의 작전을 고쳐 변경해 오라는 것이다. 나로서는 불가능한 일이 닥친 것이다.

장현의 광동중학교 동창생이 군 고위급으로 제대를 하고, 집에 와 있는 것을 알았다. 동생과 함께 가서 사정을 얘기하고 조르기 시작했다. 알아보더니 고개 너머에 있는 탱크 저지선이 문제가

되어 고개 이쪽에 있는 우금 1리 동네는 건축 허가가 나지 않는 것이고, 공장들도 몇 군데가 허가 신청이 되어 있다는 것이다.

결국 작전을 '전진 방어'로 하여 고개 이쪽 저수지 입구에다가 탱크 저지선을 공장 건축 신축자가 만들도록 하고 공장마다 포를 장진할 수 있는 포대를 만들기로 하여 일괄 허가를 받게 되었다. 이 일 후로 우금 1리에는 건축이 숨을 트게 되었다.

그래도 시골에서는 제일가는 집을 짓고자 했다. 서울에서 설계도를 그리고, 조감도도 그리고, 2층 벽돌집으로……

내가 고등학교 때에 처음 매매 계약서를 썼던 밭에 집을 지어 앞에는 연못도 파고, 잔디밭도 만들었다. 돌담도 만들었다. 그래서 길가에 돌담 잘한 집으로 통했다. 지하수도 대공으로 파서 물을 조달했다. 새집을 짓고 입주하여 부모님을 모시니 조금이나마 불효를 덜게 되었으며 아들 용광이가 결혼을 했고, 손자 승환이가 어머님 무릎에 안겨 재롱을 떨게 되었다.

어머님은 소식가셔서 잡수시는 양이 적으셨다. 속병이 있으셔서 혜화동 우석대학 병원에서 치료를 받다가 모시고 내려왔다. 이용휘댁 해순 엄마가 왔다가 반가워 팔을 잡고 일으키려는데 살가죽이 묻어났다. 다 돌아간 분이다. 집사람은 답답하니까 밤밭 송골 만신 할머니를 찾아갔다.

"예방을 하긴 합니다마는 잘 모실 궁리나 하시오." 하면서 부적도 써 주어 갖다 붙였다. 그런데 어머니는 오징어를 좋아하게 되셨다. 의정부에서 큰 오징어 한 마리가 쌀 한 말 값이었다. 서너 마리면 일주일을 보내신다. 장에 가는 사람에게도 부탁해서 사 온다. 그렇게 비싼 걸 쓰느냐고 한마디씩 한다.

그것 잡숫고 기운 차리셔서, 환갑도 해 잡수시고 칠순도 하셨다. 87세에 아버님이 돌아가시니까,

"나는 3년만 더 살다 갈게요." 하시더니 90에 돌아가시었다. 나처럼 부모님도 동갑이시었다.

타들어 가던 기름불이 다 타서 스러지듯 차츰차츰 기력이 다 하시면서 아들의 손을 잡고 있던 채로 고이 가셨다.

종중산이 넓고 크지마는 내가 산에 다니기 어려우니 가까운 곳에 모시려고 했다. 어차피 아버님은 지차(之次)이시므로 큰댁하고는 달리 써야 하니까 말이다.

집 뒤의 밭에다 흙을 70차를 사다가 땅을 돋우었다. 용인에서 삼성 이병철 묘소를 만들었다는 포클레인 기사에게 그렇게 만들라 했다. 돌 관을 넣어 가묘를 만들어 놓았다. 아버지, 어머니는 든든해 하셨다.

결국 두 분 다 거기 묻히셨고, 그 옆 자리는 물론 내가 눕게 될 것이다.

장사 지내는 날이다. 외독자, 외상제가 아니겠는가. 쓸쓸할 줄 알았다. 딸도 없고 사위도 없어야 할 장례인데, 배도 안 아프고 만든 수양딸 셋과 사위도 하나 있다. 정성껏 두 분 다 잘 모셨다.

기제 때도 늘 오시니 고마운 일이다. 이 모두가 인덕이리라. 감사한 마음으로 살아가리라.

　이 세상에는 참 좋은 인연들이 많이 있다. 특히 이 못나고 어수룩한 나에게는 너무 좋은 사람들이다.

3. 은광종합체육관

지체 장애인! 절뚝발이! 콩 심는 사람!

물론 장애를 극복하고 성공하는 사람도 많다. 그 고충이야 어떠했으랴. 하기는 요즘 살기 좋아 운동이지, 우리 소싯적에는 운동은 생각도 못했다. 생활에 바빠 쫓겼을 뿐이다.

사람이 일어설 수 있다는 것은 하늘이 준 가장 큰 첫 번째 복이다. 그래서 직립 보행하는 인간이 만물의 영장이 되지 않았는가? 나는 어려서 일어나기 위해 아무거나 붙들고 그렇게 기를 썼다. 수술하고도 일어나 벽에 기대어 서 있기를 얼마나 힘들어 했던가. 게다가 걸어갈 수 있다면, 새가 하늘을 나는 날개를 갖는 것과 같다. 이보다 또 큰 복이 어디 있는가. 감사를 잊지 말아야 할 것이다. 주어진 건강을 잘 지키며 행복해 해야 할 것이다. 퇴원 후 금강산 관광을 해보자는 목표를 두고 아침마다 걷기 운동을 했다. 100m를 억지로 비틀거리고 헐떡거리며 누가 보든 말든

며칠 만에 성공하는 통쾌감을 맛보았던가. 200m, 300m, 500m를 몇 번을 쉬어 가며 여러 날 만에 걸었다. 결국 공장을 지나 육사생도 전적비까지 1㎞를 걸을 수 있었다.

내가 하는 운동이 한 가지 있다. 매일 오후에 두 시간씩 한다. 걷기 위하여 게이트볼을 한다. 열 명이 돌아가면서 내 순번이 오면 하는 운동인데 앉아 쉬다가 차례가 되면 일어나 한 손에는 지팡이, 한 손에는 스틱을 잡고 내 딴에는 부지런히 공 있는 데로 가서 지팡이를 우선 땅에 놓고 정성을 다해 두 손으로 스틱을 잡고 작전대로 공을 친다. 잘못됐으면 또 쉬러 가지만 목표대로 됐으면 또 공을 따라가서 진행하는 것이다. 힘들어도 잘되어서 계속 치고 싶다. 남보기는 어떻더라도⋯⋯.

남들처럼 운동을 할 수 있으면 얼마나 좋을까? 더 부러울 게 없을 것이다. 내가 못해 한이 되던 운동! 남이라도 할 수 있게 해 준다면 그것으로라도 한풀이가 될 것 같다.

내가 데리고 같이 사는 셋째 사위 정택훈은 배드민턴 선수이다. 각종 대회에 출전하고 청와대까지 가서 운동하고 오기도 했다. 가산면 배드민턴 동호회원 14명은 가산초등학교 부속 건물 다목적 교실에서 운동을 해 왔다. 그러나 공공 기관인 만큼 이리저리 겹쳐 고충이 많던 중, 이제 그만 나가 달라는 요청이 왔다. 설 자리가 없게 됐다. 이들을 위해 힘을 써 주자, 체육관을 하나 지으리라. 내가 태어난 생가 터 옆 텃논을 매립했다. 절반을 분

할해서 군부대 동의까지 받아 가며 건축 허가를 받고 모자라는 건축비 1억 5천만 원, 그리고 7천만 원을 농협과 우리은행에서 융자를 받아서 1층에는 탁구와 스크린 골프, 2층에는 마루를 깔고 코트 6면의 배드민턴장을 만들어 준공을 보았다. 국제 격투기 연수원도 한다. 회원이 140명으로 늘어났다. 넓은 호숫가에 경치도 그만이고 공기도 좋다. 날마다 늦은 밤까지 젊은이들의 포효하는 기합 소리가 사람 사는가 싶게 고막을 울린다.

그동안 미비했던 운동장을 포장했다.

오늘도 소나무를 심고 잔디밭을 가꾼다. 누가 해 달라고 청하지도 않았지만 사는 게 고마워서, 살아 있는 게 행복해서…….

그네를 만들고 시소를 만들었다. 돌로 만든 말도 한 마리 갖다 놓았다. 아이들이 특히 좋아한다. 황톳길을 만들었다. 스테인리스로 손잡이도 만들어서 잡고 걸을 수 있게 했다. 헬스 기구를 몇 가지 야외에 놓았다. 회원뿐 아니라 오고가는 사람 누구라도 쉬기도 하고 운동할 수 있게…….

나는 보는 것만으로도 만족하지만, 나도 아침저녁으로 걷기부터 몇 가지 운동을 한다. 운동도 부지런해야 하고, 용기가 더욱 필요하다.

4. 전천후 게이트볼장

내촌 김종안네 집에서 열린 친목회를 갔을 때 일이다. 우금 2 리 원유문은 누구보다 뜻이 맞고 다정한 동지이기도 한데, 그가 같이 가야 할 데가 있단다.

"어디를 가자느냐?"

"아, 가 보면 알아." 결국 우리 집을 지나쳐서 가산을 지나 방 축 1리 화봉산 밑을 가게 되었다. 밤나무 그늘도 있고 좌청룡 우 백호 기운이 완연한 곳에 정사각형의 운동장이 있는데 인근 몇 동네의 아는 친구들이 모여서 처음 보는 운동을 하는데 게이트 볼이란다. 양 팀이 다섯 명씩 적백 공 5개를 하나씩 나눠 가지고 1~3 게이트를 통과하면 1점씩 3점, 중앙 점을 맞추면 2점을 합쳐 5점을 더해, 자기 팀 점수를 합산하는 30분 게임이다. 재미있겠 다. 할 수 있을 것 같았다. 나이도 지긋한 분들이 무리하지 않고 자기 차례가 되면 운동을 즐긴다. 정성을 다하지만 협동해서 이

룩하는 작전이 묘미가 있다. 하루에 모인 사람끼리 천 원씩을 내고 술과 안주를 사다가 휴식 시간을 보낸다. 싫증도 나지 않겠다. 또 모두 환영해 주기에 회원으로 가입했다. 매일 오후면 나갔다. 그런데 몇 달 후 나를 소개했던 원유문이 교통도 불편하고 거리도 있고 하니, 자기 동네 자기 땅에다 게이트볼장을 만들어 독립하겠다는 것이다. 우금 2리지만 우금 1리보다 1년 먼저 시작하니, 우금 게이트볼장이란 이름으로 개장하였다. 우금 2리 괴화동 사람만으로 조직되는 것이다. 단일 부락으로 운영이 가능할까? 의구심도 생겼다. 무엇보다 그 동네는 밭이 많아 포도 농사를 많이 하는데, 시간이 될까? 그럭저럭 한 해를 넘긴다. 겨울철이 되니까 부락이 단합도 잘되고 그야말로 잘사는 마을이 되어 간다.

이를 본 나는 2리도 하는데 1리라고 못할쏘냐. 가구 수도 인구도 1리가 더 많다. 우금리 마치미 교량을 놓고 하천 정비를 하면서 생긴 하천 부지에 마치미 쉼터 공원을 만들어 배구도 하고 농구도 하는 운동장이 있다. 운동장을 끊어 한쪽에는 배구장을, 한쪽에는 게이트볼장을 만들어 회원을 모집하였다. 29명이 가입하여 내가 초대 회장이 되어 그동안 배우고 익힌 것으로 매일 지도했다. 재미있었다. 그러나 모래 바닥이니까 관리하기도 보통이 아니고 비가 오면 못하고 눈이 와도 못한다. 그것은 모두 겪는 상황이다. 그런데 자작리 한 곳이 바닥에 인조 잔디를 깔았단다. 가 보았다. 경기도 해보니 이루 말할 수 없이 좋다. 이홍규 씨가 제의한다. 우리는 건물도 짓고 인조 잔디도 깔아 보자. 말 그대로 전천후 게이트볼장을 만들어 보자는 것이다.

"내가 천만 원을 내서 천막 골조라도 건물을 지을 테니, 자네가 콘크리트며 인조 잔디를 깔아 줄 수 없겠나?" 물론 형님뻘 되는 분의 권유이고 자기도 희사하겠다는데 초대 회장인 나로서는 마다할 수도 없는 일, 쾌히 승낙했다. 자작리에 가서 물으니 바닥만 2천만 원이 들었단다.

홍천군에 가 보았다. 든든하게 쓸 만한 건물을 돔으로 만들고 잔디를 깔았는데 몇 억이란다. 국회의원이 해마다 일개 면 씩 만

든다는 것이다. 포천군은 어떠한가. 운동장에 나가 공 한 번 안 치는 위인이 노인들 표나 얻어 정치 참여해 보려는 자가 연합회장 아닌가? 어디에 의지할 데도 없다.

건물 견적이 1천3백만 원이 나왔다. 1천만 원은 홍규가 희사하는 돈과 모자라는 300만 원은 부락에서 하기로 하고, 건축이 시작되었다. 다음 일은 내가 해야 하는 것이다. 2천만 원짜리 공사인데 직접 직영을 해야 돈 덜 들이면서 쓰게 해 놓을 것 같아서, 은광에서 공장도 짓고, 체육관도 지은 정순구 사장을 불렀다. 일당으로 일하라 했다. 바닥을 정확하게 수평으로 콘크리트를 하고, 인조 잔디를 깔 것인데 고급으로 할 것이며, 사방 둘레를 콘크리트 타설하고, 쉴 수 있는 의자를 만들 것인데 쓸 만하고 튼튼하게 하라 했다. 인조 잔디 위에 백사 까는 것까지 정확히 1,938만 원이 지출됐다. 포천군에서 유일한 전천후 게이트볼장이 되었다. 눈비가 오면 포천 각처에서 온다. 또 다른 데 출전할 일이 있으면 연습하러 모인다. 대회도 연다. 금년에는 제1회 가산 농협장배 게이트볼 대회가 열려 14개 팀 중 마치미 게이트볼이 회장기와 우승컵 및 상금을 탔다.

7월 5일부터 4박 5일로 대만에서 열리는 국제 대회에 마치미 게이트볼에서 전국 대표로 남녀 두 명이 선발되어 대회에 출전하게 된다.

가산면에는 원래 방축리에 가산 게이트볼이 있었고 두 번째로 우금 게이트볼, 그리고 세 번째로 마치미 게이트볼이 생겼고, 네 번째 감암리 게이트볼, 다섯 번째로 금현리 정교리를 아울러 금정 게이트볼이 생겨났다. 포천시에서 다섯 군데 있는 곳은 가산면 뿐이다. 내촌면은 마명리 하나이고, 화현면은 그나마 없다.

그동안 마련 못했던 게임 기록 전광판도 설치했다.

5. 우금정

지난여름 저수지 가에
느티나무, 밤나무의 그늘이 좋아서……
바람이 좋아서……
호수의 물이 좋아서……

오전 중에는 농사일하고 점심 먹고 하나 둘 모이기 시작하면
일이십 명 모인다. 더할 나위 없는 쉼터이고 정자이다. 그러나
좀 시간이 지나면 햇빛을 피해 그늘을 따라 가느라고, 이리저리
자리를 옮기는 불편함이 있어서 정자를 지으면 좋겠다는 의견들
이다. 바로 내 생가 터 앞이다. 내가 짓겠다고 약속했다.

2008년도 우체국 캘린더는 전국 정자(亭子) 특집이다. 첫 장 1
월에 나온 것이 강원도 고성군 청간정이다.

새해 해돋이 여행을 고성으로 갔다. 고성군 간성 부녀회장 댁

에 민박을 정하고, 바닷가에서 부녀회장님이 끓여 주시는 신년 떡국을 맛있게 먹고 동해 바닷물에서 솟구쳐 오르는 해를 바라보면서 희망찬 새해를 맞이했다.

청간정을 찾아갔다. 바닷가 경치 좋은 곳에 조그만 정자가 아담하게 있는데, 노인회에서 나와 안내와 해설을 열심히 해주신다. 아마도 노인들이 청소도 했을 것이고, 걸레질도 했을 것이고, 잘 관리하시는 것을 짐작해 볼 수 있다.

아담한 것이 참 좋기는 한데 좀 작다. 우리 형편에는 돈은 좀 덜 들이면서 좀 넓게 지어야지 싶었다. 듬뱅이 사는 유창렬 목수는 여기다 정자만 짓는다면 자료만 대주면 무료봉사로 짓겠다고 했다지만 지금은 건강이 안 좋다. 우리 일을 많이 하던 이상찬 목수를 불렀다. 그는 목수도 하고 철골도 하는 팔방미인이다. 공구도 골고루 있을 뿐 아니라 보조 인부만 대면 못하는 것 없이 골고루 다 한다. 몇 군데 견학도 시키고 내 의견도 들으면서 일에 착수했다. 주춧돌을 앉히고 기둥을 세우고 지붕을 기와로 덮고 마루를 깔되, 네 칸 마루에 호수의 물이 훤히 내다보이는 서늘한 느티나무 그늘 밑에 정자를 세웠다. 이름을 우금정(友琴亭)이라 정하고 현판을 달았다. 옆에는 방을 만들어 독서실로 하였다.

높은 정자에 오르려면 계단이 필요하다. 체육관에 배드민턴 운동을 하러 다니다가 마전리 석화농원 사장이 보고 계단을 책

임을 졌다. 70만 원이 들었다. 옆에 사는 이용현이 전기 시설과 온수기를 사 왔다. 의정부 조현구가 냉장고, 이상찬이 시계를 사 왔다. 정교리 이동호가 서예 공부를 하러 다니는데 친히 '덕불고 필유린(德不孤必有隣)'이라는 액자를 만들어 오고, 뿐만 아니라 변변치 않은 내 한글 시 한 수를 송우리 서예 학원 주봉 선생이 써 오셨다.

넓은 물속 유유히 노닐던 인어 아가씨!!
무엇이 궁금해서 '칠~썩' 뛰어올랐나?
오~라! 우금정에 오른 이 도령 보고파 몸짓했구나!

우금정에 액자가 걸렸다. 금현리 사는 유정렬이 그림 한 점을 희사하여 걸었다.

준공식이 열린다. 가산 농협장이 화환을 보내고, 가산면장과 불일정사 스님이 축사를 맡고, 의정부 서도소리 보존회를 운영하는 국악 학원 원장이 축하 행사를 해주러 왔다. 동두천 사물놀이 패까지도······.

여자 동창생들도 한몫한다. 신복순이 떡을 해 왔고 윤희순이 방석 20개를 사 왔다. KBS 본부장 김창경과 중앙일보 본사에서 화환이 왔다. 그밖에 여러 손님들이 축하하러 오셨다.

면에서 테이블 네 개가 왔다. 연결하고 장판을 덮어 바깥 그늘에서도 쉴 자리를 만들고, 우금정에 알루미늄 창틀과 방충망을 하여 우천 시와 겨울철에 대비했다. 방에 올라가 차도 마시고 독서를 할 뿐 아니라, 네 칸 대청마루에서 시원하게 쉴 수 있게 했다.

그리고 우금당에서 우금정까지 약 8~90m 정도의 황톳길을 만들고 스테인리스로 손잡이를 만들어 장애인도 걸을 수 있는 길을 만들었으며, 그늘 한쪽에 헬스 기구 몇 점을 설치하여 쉬면서 운동도 할 수 있게 했다. 어린이는 잔디밭에서 그네와 시소를 즐긴다. 비록 돌로 만들었지만 말도 탈 수 있다.

6. 새마을 운동 탑

"잘 살아 보세, 잘 살아 보세, 우리도 한 번 잘 살아 보세."

목이 터져라 외치면서, 동분서주하던 시절이 있었다. 우리 조국을 근대화시켰고 우리 농촌을 변화시켰다.

'새마을 운동!' 그 덕분에 우리나라가 이만치 살도록 밭침이 되어 주었다. 정치 놀음에 빛을 잃고 있을 뿐이다. 덴마크는 국민운동을 400여 년이나 이어 온다지 않는가. 우리도 좋은 운동은 계속하고 활용하여 세계 10위 안에 들어 있는 우리나라를 더욱 더 잘 이끌어 나가야 할 것이고, 좋은 국민 운동의 밑거름이 되고 원동력이 되어야 할 것이다.

'가산면 새마을 동지회'는 그 옛 시절 초창기 새마을 지도자 협의회원들로 친목회를 계속해 오는 모임이다. 지난 봄 새만금 개발 현장을 관광했다. 우리나라 역사가 만들어지는 곳 아닌가. 천지개벽이라더니 개미 떼처럼 드나드는 덤프트럭! 군산에서 변산반도까지 눈이 모자라도록 바다를 갈라놓은 길! 은근과 끈기! 힘차게 뛰는 우리 민족의 맥박의 꿈틀거림을 우리는 느낄 수 있었다. 공장 허가 낼 때 농지 전용으로 대체 조성비를 낼 때는 아까웠지만 그래도 이런 사업의 일익이 되었다 생각하니 흐뭇하다.

점심시간이다. 동지회 전 총무 신영원이 건의를 한다.

"올해 가산면 청사가 다시 지어지고 준공식을 앞두고 조경 공사가 한창인데, 우리 새마을 동지회에서 새마을 운동 탑을 하나 건립하면 어떠하겠는가?"

친목회에 무슨 돈이 있어서 하겠는가? 원래 새마을 운동은 무에서 유를 창조해 나가는 것 아닌가? 전에도 그랬듯이 걷어서 하자. 좀처럼 호응이 안 따라 준다. 그러자 화살이 내게로 온다.

"전 회장님이자 협의회장님 생각은 어떠십니까?"라는 질문에 답을 하지 않을 수 없게 되었다.

"우리가 늙어서 할 일이 뭐가 있겠는가? 이것도 기회이니 다시 한 번 힘내어 한 가지 더 해 놓아 후세 사람들에게 도움이 될 수 있다면 해볼 만한 일 아닌가? 현 회장하고 나하고 총 경비의 절반을 담당할 테니 어떠한가? 우리 또 하나 해보세."

모두 안 따를 수 없게 되었다.

지상 150㎝에다 5m높이의 큰 돌을 세우고 새마을 마크와 함께 '잘 살아 보세!!' 라는 글귀를 큼직하게 새기기로 했다. '새마을 운동'을 대변하는 문구이다.

 석화농원에 700만 원에 맡겼다. 설상 돈이 안 모아지더라도 돌값은 혼자라도 부담할 각오였다. 회장 원유문은 벌써 130만 원을 마련했단다. 그리고 이홍우, 김호연, 신영원, 이용근, 박일용, 이경휘, 이강휘, 조오행 등이 각기 50만 원씩 성금을 내었다. 농촌에서 큰돈이다. 모두 어려운 일이다.

 우리 지역 가산면 내에 새마을 지도자 협의회 및 동지회 이름으로 가산 정교리길 분기점에 8월 30일 커다란 크레인으로 '새마을 운동 탑'을 우뚝 세웠다.

제8부
더 할 말이 있다면

1. 유성제과

소크라테스는 죽어 가는 길에 누구에게 내가 닭 한 마리 값을 못 갚고 가는데 대신 갚아 달라고 부탁을 했단다. 길다면 길고 짧다면 짧은 인생 길, 이제 마무리 단계에 이르렀으니 이것저것 정리해 보자.

환갑, 진갑 지나 70세 고희연(古稀宴)에 자녀들과 친지, 그리고 제자들의 술잔까지 맛보았고, 집도 지어 보고, 공장도 지어 보고, 은광종합체육관, 마치미 게이트볼장, 새마을 운동 탑, 우금정 준공식을 보았을 뿐만 아니라 시장, 군수, 도지사, 그 이상의 상과 각계의 수많은 감사패와 감사장을 받아 본 나로서는 마을에서 세워 준 공덕비까지 보았으니 이제 무엇이 부족하랴! 무엇을 바라랴! 이제는 늙고 병들었으니, 이제 한숨 놓고 나머지 인생을 정리해 보련다.

아들이 대표로 있는 은광판지포장을 음으로 양으로 도우면서,

노령에 자식들이 용돈을 주나 안주나 눈치 볼 것 없이 공장 하나 더 지어 셋돈 받아서 쓰자. 생활하는 용돈 하고, 옆에 방을 더 꾸려 별장 삼아 살련다.

생가 터 옆에 체육관 짓고 남은 땅에다 유성제과라는 이름으로 80평 공장을 건축했다. 그리고 앞에 이용제가 관리하는 땅을 옛날 집터와 바꾸어 채마밭과 놀이터를 만들었다. 뿐만 아니라 공장에다 붙여서 바깥은 벽돌, 안에는 흙벽돌로 만든 황토집을 지어 내 나름대로 '우금당' 이라 하고 별장 삼아 입주하면서 '입주 시' 를 지어 보았다.

잔잔한 호숫가 아늑한 곳,
태어난 생가 터에 쉼터를 만들었네!!
앞산 솔솔 바람 뻐꾹 뻐꾹 뻑 뻐꾹!
노래 소리 실어 오면,
산비둘기 날아와 평화로이 먹고 노닐고,
청둥오리 떼 지어 날아와 호수에서 한가로이 머무는데,
물안개 피는 잔잔한 호수 위에,
'철썩 철썩' 잉어 떼 장단 맞춘다.
욕심 많은 강태공 더 낚으려 두 눈 부라리고,
오~호라!! 체육관 젊은이들의 포효하는 기합 소리!!
삶의 생기 북돋운다.

살어리 살어리랏다.

이 좋은 곳에 나 이제 머무리로다.

—고희에 즈음하여 기범(起範) 이강규(李綱奎)

우금정에 올라 지나온 생애를 돌아보면서, '이런 사람, 이렇게 살았구나!' 그때 그 일은 이렇게 했더라면 하는 아쉬움을 되씹으며 글줄을 옮겨 본다. 자서전 원고를 쓴다. 글재주 없는 것이 더더욱 송구스러울 뿐이다.

농사짓는 사람들이 한 해 한 해 농사하여 가을에 추수하는 격으로 내가 살아온 길 기억나는 대로 자서전을 꾸려 보련다. 알곡이 됐든 쭉정이가 됐든 살아온 길, 거짓 없이 엮어 보련다.

2. 기독교는 왜 버렸나?

설의돈 선교사가 서기문, 김종석 두 전도사를 마치미에 파견하여 전도하실 때 입문하여 이용기, 김용상 전도사님 등을 모셨고, 미션 스쿨인 숭실고등학교와 피어선 고등 성경 학원을 장학금으로 공부한 나는, 성은교회를 개척하기도 했지만, 그렇게도 원했던 목사의 길 신학교를 포기하고, 일반 대학인 서울 문리 사범대학을 졸업했으며, 졸업한 후 구로동에 가서 점진중학교를 세울 때도 기독교 교육을 토대로 가르쳤으며, 고향에 돌아와 농사를 지으면서도 나는 우금교회 집사로 유년부장을 맡았었다.

첫딸 천애가 태어나던 날도 나는 마치미 밤나무 숲속에서 아이들을 모아 여름 성경 학교를 하고 있던 터였다. 우금교회가 차츰 자리를 잡아 주일학교, 청년회, 여전도회, 성경 구락부, 집사도 여섯 명, 든든했다.

그래서 우리는 여태껏 전도사님만 모셨지만 우리도 목사님을 모시자 하여 군목으로 계시다 제대하신 이치백 목사님을 모셨다. 한 일 년 후 서울의 좋은 교회로 가시겠다고 가시고, 경기 북부 노회에서 목사님을 파견하였는데 산업 선교 목사란다. 공단 지역에서 종업원들을 선동하여 데모를 시키던 목사였다.

3개월 지나니 청년들이 줄었다. 청년회를 없앤단다. 주일 학생이 20명으로 줄어든다. 이래가지고는 교회가 안 된단다. 다음 주부터는 주일학교 예배도 없앤단다. 내가 목회자의 길을 포기할 때보다 더욱더 간절히 기도했다.

"촛대를 옮기지 마옵소서." 오직 한 가지였다. 그러나 산업 선교 목사가 오신 지 6개월! 참으로 빨리도 처결된다. 교회는 파산하고, 건물은 목조니까 주내의 야간 학교 교실 건축용로 뜯어 가고 풍금과 교회 종도 가져간다는 노회의 결의가 났다. 목사와 다툰 일도 없다. 사람은 적어도 다시 열심히 해보자고 조르기는 했어도…….

황당했다. 교회를 지을 때는 한 푼도 안 돕던 노회가 결의하고 교회를 직접 뜯어 갔다. 교인 몇 사람은 가산의 감리교회로, 장로교회로 지금껏 다니고 있지마는 나는 갈 수가 없었다. 그토록 교회를 이룩하려고 힘써 왔고, 촛대를 옮기지 말아 달라고 그렇게 간설히 기도했건만, 노회리고 히는 교회 기관에서 목사를 통해 교회를 폐쇄하고, 해산할 뿐 아니라 직접 지붕에 올라가 뜯어 가는데, 내가 무슨 낯으로 다른 교회를 가며, 교회를 지키지 못

한 내가 하나님을 또 찾을 수 있겠는가? 그 후론 사람 보기가 두렵다.

그리고 교인들은, 예수 믿는다는 사람들은 왜 말들은 그렇게 잘하는가? 이 세상에서 지은 죄가, 예수 믿어서 저 세상에서는 의인이 될지 몰라도 죄지은 사람이 교회에 나가 나불거린다고 이 세상에서야 무죄가 되겠는가? 죄 사함 받았다고 겸손할 줄은 모르고 가증스레 군다면, 안 믿는 사람보다 정말 낫겠나? 그들의 천국에는 입들만 가서 왁자지껄한다더니…….

하기야 신의 뜻은 모를 일이다. 우금교회 하나 폐쇄하더니, 고인돌에 금현교회가, 대대울에 쉼터교회, 궁말 동네에 궁말교회, 너베기 동네에 너베기교회 마치미에 평화교회 등 없는 동네 없이 다섯 동네에 다섯 교회가 섰다.

그러나 유럽에서 살 길 찾아 나서서 신대륙을 개척했다고 하는 청교도! 원주민을 학살하고, 점령하고, 도륙하고, 아무리 미화해도 그들은 침략자이고 약탈자이지, 그 이상일 수는 없는 것이다. 이 낯간지러운 청교도나, 코란이 아니면 칼을 받으라던 이슬람교. 이들 틈바구니에서 농락당하는 세계 역사!

우리는 우리대로! 조상대대로 이어오던 자연 신! 미신으로만 몰아붙이던 것을 다시 생각해 보며, 나를 낮추며 살아가련다.

3. 환갑! 회갑연!

정축생이 한 해 한 해 살아서, 또 정축년이 돌아와 환갑이고 회갑이란다. 그동안 자식 농사한 것이 헛되지 않아 회갑 축하연을 한단다.

옛날 같으면 많이 산 것이지만 아직도 어린 마음이다. 몸은 늙어도 마음은 늙지 않는다. 늘 무엇이든 하고 싶을 만큼 혈기도 왕성하고 한창 무엇을 할 것 같은데 말이다.

'송우웨딩홀' 에 많은 하객들이 모인다. 일가친척, 지인, 친구들, 제자들과 아이들의 친구까지.

사회하는 국악인은 미인일 뿐더러 사회를 아주 윤기 있게 잘 리드해 나간다. 우금 2리 이범중 사장은 자기도 그 여인을 소개해 달라더니 다음해 같은 자리에서 회갑 산치를 했다.

아들, 며느리, 딸, 사위들의 잔을 차례대로 받았다. 친지와 조카들의 잔을 마셨다. 손주들의 잔을 받을 때는, 돈을 나누어 주었더니 좋단다. 옛날 점진중학교 학생들!! 제자들 말이다. 잊지 않고 스승을 찾아왔다. 한기찬, 이상연, 이숙천 등 내외들이 함께 와서 절을 하고 잔을 올린다. 광영이요, 즐겁다. 옛날의 감회가 주마등처럼 스쳐 지나간다. 젊은 시절 내가 그들을 가르쳤기보다 따뜻하게 찾아오는 그들에게서 오히려 내가 배운다.

1부, 2부 유흥 시간이 지나고 '나실 제 괴로움 다 잊으시고……' 자녀들의 합창을 들은 뒤 자녀들 하나하나에게 말을 하게 한다. 불쌍한 것 명애! 내가 철이 없어 사회봉사 한답시고 가정에 등한하여 내가 한평생 지체 장애인으로 어려움을 겪으면서도 너에게 제때에 예방 주사를 못 맞혔으니 말이다. 용서해라. 할 말이 없다.

불운의 객이 된 용걸이, 제명을 못 다한 은애……. 말문이 열리지 않는다. 살면서 가장 아픈 일, 슬픈 일이었다. 문학당에서 천도제를 지냈다.

〈나의 처 이춘자〉

나의 처는 동두천 턱거리에서는 그래도 갑부라고 볼 수 있는 부잣집 둘째 딸로 자라나 곱게 큰 규수이다.

한창 공부하던 중인 어린 신랑에게 시집와서 고생이 많았다. 공부한다고 서울 유학 가서 없는 집안에서 시부모님 모시고, 농사일 해야 하는 외며느리 시집살이가 얼마나 힘들었을까? 얼마나 괴롭고 얼마나 쓸쓸했을까?

서울에서 신랑이 집에 오면, 시어머니는 아리따운 색시가 옆에 있으면 아들 공부에 지장이 있다고 멀리하라 하셨다. 이런 딱한 일이 있나?

기독교의 믿음이 있는 것도 아니고 신랑과 시어머니가 교회에 나가시니 고단한 몸임에도 불구하고 교회를 가야 한다. 그뿐만이 아니다. 전도사가 집에 오시니 늘 대접해야 한다.

신랑이 신학교를 못 가고 피어선에 입학하면서 성경을 공부하자고 같이 입학하잔다. 적성에도 아니 맞는 공부하느라 고역인데, 그 와중에 아이를 임신하였으니 그 어려움이 어떠하였으랴!

남편은 나가 있고, 농사일 하랴, 시집살이 하랴, 모두모두 손이 모자라 쩔쩔매는 아내. 나는 송구하여 몸 둘 바를 모르겠소.

집사람은 일을 하면서도 옆에 앉아 구경이라도 해주고 얘기라도 해주기를 바란다. 그러나 나는 일은 못하면서도 만날 내 볼일만 보러 다니고 또한 말 수 없고, 말솜씨 없는 고집통!

내가 생각해 봐도 도통 점수가 안 나온다.

아내는 힘든 몸과 괴로움을 잊기 위해 술을 좀 한다. 형제들을 만나기를 즐겨 한다. 그래서 나는 처제들, 동서들과 같이 여행을 많이 했다. 국내 곳곳을 누비고 중국 북경, 만리장성을 비롯해

하와이, 미국 서부와 베트남을 비롯한 동남아와 호주 여행까지
도 함께 했다.

더군다나 수양 누이 세 분과 서로 융화하고, 출가한 자식들 수
발이며, 병든 남편 돌보는 아내! 나의 아내! 그 은혜 살아생전 다
못 갚아도 후세라도 잊지 않으리다.

사랑하오! 내 아내 이춘자 씨!

나의 반쪽, 나의 반려자!

오 마이 달링!

남은 인생! 당신만은 제발 아프지 말고 몸조심하며, 속 썩지
말고 잘 살아가기 바라오.

예부터 자식 자랑은 팔불출이라지만 자식 자랑을 빼놓을 수
없다.

〈큰딸 이천애〉

어려서 할머니의 공양을 잘 받아서인지 키가 크고 어딘가 모
르게 시원시원하다. 저놈이 아들이었으면 싶을 정도이다. 경북
중학교를 거쳐 포천여고를 졸업했으나 시대의 불행으로 대학 입
학 추천서를 세 명밖에 못 써 주는 학교 형편 때문에 그 학교에
서는 공부를 잘한다 해도 3등에 벗어났다는 이유로 대학 진학 추
천서를 못 받고 취업 전선에 뛰어들 수밖에 없어서 서울의 풍산

200

금속 본사에 입사하게 되었다.

경북중학교에서 같은 이사인 친구 이상학 씨가 중신으로 소개한 조문행 군은 한양대학교 기계공학과를 졸업하고 경주 옆 안강 지방에 있는 풍산금속 공장에서 근무 중이었다. 한 회사인지라 소개를 받은 그들은 서로 교제하다가 결혼하게 되었다.

그는 병자호란 때 남한산성을 지키며 왕을 지키다 순국 전사한 조득남 장군의 후예다. 내가 은광산업을 시작하던 같은 해에 자극을 받았는지 한 달 후에 자기도 직장을 그만 두고 조이 ENG 공장을 시작하여 시화공단에 자기 공장을 가졌을 뿐 아니라, 중국에 진출하여 공장을 운영하고, 서산에 땅을 구입하여 큰 공장을 지었다.

큰아들 조민식 군은 군대를 제대하고 복학하더니 영국에 유학 중이고, 둘째 조성식 군은 호주에 유학 중이다. 9월 7일 분당 지구에 새 아파트를 마련하고 입주했다.

⟨둘째 딸 이명애⟩

경북중학교를 졸업하고 의정부 경민여자고등학교를 졸업하더니, 자동차 운전 전문 학원 강사로 일하는 홍선기와 결혼하였다. 그는 성격이 강직하고 부모를 향한 효심이 강하다.

아들 홍준기는 고등학생이고, 딸 홍윤정은 중학교에 다니고 있다.

명애는 '대청마루'라는 이름으로 식당을 경영하다가 의정부 동사무소에 근무 중이며, 성격이 명랑하고 활달하다.

〈아들 이용광〉

경북중학교를 수석으로 졸업했을 뿐만 아니라 마치미에서 이형순, 이용영과 함께 1, 2, 3등을 휩쓸더니, 의정부고등학교에 나란히 입학하고 졸업하여, 건국대학교를 나왔다.

할아버지가 포천의료원에 입원하셨을 때 일이다.

손자인 용광이가 할아버지 간병을 하겠단다. 밤에까지도 말이다. 기특해서 놔두었더니, 경복대학을 졸업한 그 병원 간호사와 교제를 하게 되었던 것 아닌가? 그런데 교제한 지 2년이 되어도 결혼하겠단 말이 없다. 아마도 아가씨 집에서 허락이 없는 것인가 궁금했다.

그래서 한 번은 성동 개울에서 고기를 잡는다는 핑계로 근처에 갔다가 불시에 쳐들어갔다. 알고 보니 어머니는 아이들이 교제하고 있는 것을 알고 있었으나 아버지가 엄한 분이시라 쉬쉬하면서 지내던 터였다.

"아이들이 교제하는 중인데, 허락하여 양가 인연을 맺는 것이 어떠하겠느냐?"고 청혼했더니, 쾌히 승낙이 되었다. 3년간은 시부모를 모시고 그 다음에는 독립시킨다는 언니들의 간청을 들으면서 말이다.

아들 용광이는 대학교를 졸업하고 강남에서 영업을 시작했으나 부모가 은광산업을 창업하므로 합심하여 회사를 이끌고 있다, 15년간을 묵묵히 화물차를 끌고 제품을 납품하며 영업을 해 오다가 이제는 은광판지포장(주) 대표이사가 되어 가업을 승계하느라 어깨가 무겁다.

〈내 며느리 정경원〉

며느리는 종합병원 간호사였다. 할아버지, 할머니는 물론 시아버지, 시어머니 건강 체크도 수시로 잘해 주고, 영양 주사 잘 놓아 주니 여러 가지로 늘 부실한 나로서는 아주 든든한 것이다. 결혼하고 승환이와 다혜 남매를 낳아 할머니 무릎에 안겨 주어 할머니를 기쁘시게 해 드렸다.

대가족의 막내딸로 태어나 귀엽게 자란 딸이다. 조상님 차례를 큰집에서 늘 차리던 터에 부모님 돌아가시고 처음 지내는 제사였다. 며느리가 제사 흥정을 해 온다. 시장은 물론 제사 음식이며, 상차림이며, 모두 척척 잘도 한다. 똑 소리 나게 잘한다. 나는 속으로 감탄했고 고마웠다.

며느리는 공장이 어려움을 겪는 것을 보고 병원 간호사를 사직하고 산업 전선에 뛰어들었다. 송우리 우정 이파트에 나가서 독립해 살면서, 두 내외가 공장에 전념하여 아들 이용광은 사장이 되고, 며느리 정경원은 총무부장이 돼서, 회사 안팎을 관리하고 있다. 내가 며느리 복도 있나 보다.

아들 승환이는 전교 학생회장을 하고, 딸 다혜는 학교에서 많은 표창과 장학금을 받아 온다. 눈에 넣어도 안 아플 내 손주들!

〈셋째 딸 이선애〉

중고등학교를 졸업 후 정택훈과 결혼, 전곡에서 살고 있는 것을 아들 며느리를 내보내는 대신, 셋째 딸 선애를 데려다 같이 살고 있다. 사위도 어머님, 아버님 하면서 잘들 하고 있다. 딸 선애는 결혼해서 혜경이를 낳은 뒤에 철이 들었는지 유한전문대학에 입학하여 졸업하고 두 내외가 자동차 매매 상사를 하면서 자동차 보험을 판매하고 있다. 큰아이 정혜경은 송우고등학교 전교 2위를 하였고, 둘째 정민은 초등학교 배드민턴 선수로 전국을 누비며 다니더니 중학교에서도 선수로 활약 중이다. 셋째 정진은 막내로 재롱둥이다. 할머니, 할아버지의 총애를 받고 있다. 사위는 은광종합체육관 관장을 맡아 관리하며 회원들의 건강을 증진시킨다.

〈막내딸 이광옥(연옥)〉

그녀도 중고등학교를 졸업하고, 시골 학생들의 대학 진학이 어렵기는 마찬가지이다. 그는 직장을 다니면서 방송통신대학에 입학하여 공부하면서 입학할 때를 빼고는 일곱 번을 장학금을

타면서 수석으로 졸업하여, 일본 무역 회사에 근무하고 있다. 부
모의 마음은 얼른 결혼해서 행복하게 사는 것이나 보여 줬으면
하거늘…….

다들 열심히 살고 있어서 너무 고맙다.

4. 칠 순! 고희연!

세월이 유수와도 같아서 환갑이 지나 또 10년, 정신없이 지나
갔다. 예부터 칠십 고래희라 했던가……

회갑연은 마누라 생일 때 했고, 칠순연은 영감 생일 때 같은
'송우웨딩홀'에서 한다. 회갑 때는 그저 기쁘기만 하여 들떠 있
더니, 고희연은 아니다. 무엇인가 숙연하게 만든다.

"아! 내가 늙었구나!"

1차로는 큰집, 작은집 친척 어른들을 옆에 앉히고 자식, 손자,
조카의 잔을 받은 다음 2차에는 수양 누님 윤상례, 송산 수양 누
님과 매부 이근희 씨, 그리고 가까운 수양 동생을 옆에 앉히고
잔을 받는다.

나는 아마도 여복이 있나 보다. 외아들이니 당연히 어머님의
사랑을 혼자 독차지하면서 자랐고, 고등학생 때 일찌감치 착하
고 예쁜 색시 얻어 한평생을 해로하면서, 그래도 외롭지 말라고

수양 누이가 셋이나 생긴 것 아닌가.

어찌됐던 간에…….

〈윤상례〉

한석진 내외가 두 아들과 며느리를 데리고 와서 함께 잔을 올린다.

우리 양가의 인연을 얘기해 보자.

고등학교 시절 서울 가서 공부하다 어느 날 집에 오니, 대대울 한씨네 시어머니가 며느리를 데리고 오셨다. 자기 며느리하고 나하고 남매로 지나게 하면서, 부모를 삼자는 것이다. 참으로 쉽지 않은 일이다.

황해도 장단에서 아들과 살다 며느리를 보았으나, 아들은 6·25가 발발되어 군에 입대하여 전사한 고로, 그래도 며느리한테 뱃속에 유복자가 있어서, 세 식구가 대대울 언니네 근처에 피란 와서 삼간 오두막집에서 어린 손자 하나 데리고 사시는 것이다. 고부가 나물 뜯어다 먹고, 땔나무 해다 때고, 품 팔아 사시는 것이 그 고충이 얼마나 크셨겠는가. 솔직히 휴전 직후 원호 가족 돌보기지만, 젊은 며느리 남매 맺어 주고 딸처럼 지내 달라는 것이다.

우리 어머니 복도 많으셔라! 배도 하나 안 아프고 딸을 얻으셨다. 두 가정 오가며 정답게 지냈다. 그 후 서울로 이사 갔다가,

의정부 현대아파트에 와서 살지마는 어린 아들 한석진이가 커서 결혼하고, 두 아들이 커서 장가가고, 둘째는 우리 공장에 와서 근무도 했다.

수양딸 윤상례! 어느 딸이 그렇게 효녀일 수 있을까? 친부모도 그렇게 못 모실 것이다. 어머니가 편찮으실 때 누워 계시다가도 수양딸만 오시면 기운을 차리고 일어나신다.

지금도 아버지, 어머니 제사에 꼭 오실 뿐 아니라, 제주와 쇠고기 산적감을 꼭 사 오신다.

그 아들, 며느리도 외삼촌, 외숙모 하며 대소 제반사 같이 의논하고 지낸다.

〈송산 누님, 송산 매부〉

또 그다음 수양 누님을 소개한다.

어머님은 의정부 시장 봐 오시는 일, 쇼핑을 늘 책임지셨다. 의정부에서 마치미 지나다니는 교통편이라고 하루에 한두 번 있는 버스를 타고, 거리도 먼데 말이다.

의정부 제일시장엘 가면, 제일시장 조합장 어머님이 이불 가게를 하신다. 아들딸이 10남매이시다. 그러나 친정이 탐탁지 않아 어머니를 보시면, 어머니, 어머니 하고 반가워하시고, 먹을 것도 대접하고, 쉬었다 가시라고 대화도 하면서, 어머니 삼자면서 가까이 지내셨다. 이번에는 딸만 아니고 사위까지 얻으신 것

이다.

이근희 할아버지는 나보다 10년 위인데 매부, 누님 하게 되었
다. 나는 생일을 잊어버려도 매부는 우리 내외의 생일을 잊지 않
고 빠지는 적이 없으시다. 부모님 장례 때도 사위 노릇을 톡톡히
하셨다.

〈수양 누이동생〉

내가 여복이 많음은 세 번째 수양 동생 얘기를 안 할 수 없기
때문이다. 큰 누님과 매형, 그리고 둘째 누님은 어머니로 인해 맺
어진 남매이지만 동생은 내 처와 내가 맺은 동생이다.

그녀의 아들과 며느리, 그리고 큰딸과 사위, 작은 딸과 사위가 아이들까지 데리고 와 잔을 올리고, 2부 순서에도 축하해 준다. 외삼촌, 외숙모 좋은 날이라고…….

우리 내외는 철없던 시절에 사진 한 장 나누고, 빡빡머리 고등학생 때 결혼해서 오늘날까지 이상 없이 잘 지내지만, 집사람은 조강지처이나 동서가 있나, 시동생이 있나, 편안할지는 몰라도 어디 의논하나, 하소연하나 할 데 없는 외동아들 나 하나뿐이다. 물론 수양 누이 두 분이 계시지만 모두 윗분이시고, 외로운 처지다.

나는 물불 가리지 않고 농사일 열심히 하다가 그랬는가. 40줄에 좌골 신경통이 왔다. 7·8월 장마철 하고 가을바람 선들선들 해지면 재발해서, 넓적다리가 시큰거리고 걷기가 어렵다. 그러던 중 어느 날 가산에 내려가니, 동창생 친구들이 갈 데가 있단다. 새로 난 '별미집'으로 술 마시러 가잔다. 그들은 여러 번 갔었고 호객 행위 삼아, 핑계 삼아 가자는 모양이다. 아무려나 따라가 보니 '별미집' 식당 주인은 갓 40십대로 그래도 젊은 여자이고, 키는 작은 편이지만 얼굴 반반한 복스러운 여인이다. 말씨도 서울 말씨인데 천박하지 않고 교양미가 있었다. 그 후로 몇 번 가게 되었고, 그 여인은 동정심도 많아서 내가 신경통이 나서 아픈 다리로 버스 타기 어려울 때 송추에 있는 병원에도 부축해 주어 같이 다니기도 했다.

식당이 장사가 잘되었다. 장소가 협소해서 1년을 겨우 채우고, 포천의 좀 더 큰 곳으로 이사 간단다. 친구들과 같이 저녁에 몰려 송별주를 했다. 더욱더 가까워진 계기가 되었다. 자주는 못 가지만 가까운 포천읍이니까, 친구들과 가끔 찾아가 즐거운 시간을 보냈다.

그러다 이것도 하늘의 뜻인지 운명인지 사건이 벌어졌다. 어느 날인가, 섣달 그믐께인데 송추병원에 가서 주사를 맞고, 집에 가야 일도 못할 것 같아 포천으로 내려갔다. 저녁이 되었다. 아파서 병원에 간 사람이 어두워도 안 오니 집에서 걱정이 되었으리라. 이사 가서 개업식 때 돌린 라이터의 전화번호를 보고 혹시나 해서 아내가 전화를 했다.

"아이고, 선생님 여기 와 계십니다. 잘 모셔다 드릴 겁니다."
택시를 타고 동승해서 집엘 왔다. 집사람과는 초면인데 어찌 그렇게 잘 돌아가는지 모를 일이다. 초대를 한단다. 며칠 뒤 설에 한복을 곱게 입고 세배를 왔다. 집사람은 내력인가 술을 좀 한다. 몇 잔 나누더니 얘기도 이상하게 형님, 동생이 되어 버렸다. 남녀 관계란 부처님도 돌아앉는다지 않는가.

병신 남편 생각해 주는 사람이 고마워서이겠지……

그 뒤로 서로 전화하고 왕래하니 부모님도 좋아하시고 아이들도 예쁜 고모라고 부른다. 또한 동생의 아들딸도 찾아뵈 할아버지, 할머니께 인사드리니 아버님, 어머님도 너무 좋아하신다. 나와 처는 외삼촌, 외숙모이다. 환갑, 칠순 때도 손자들까지 모두 와서 잔을 올리고 2부 순서도 즐겨 주니 고맙다. 형제보다 더 가까이 서로 의지하고 살아간다.

집사람과 동생은 전생에 자매였는지 부럽도록 서로 잘해 준다. 뭘 그렇게 잘하는가, 핀잔을 주면 불구자인 남편 보살펴 주고 부모님께도 딸이 되어 잘하니 얼마나 고마운 일이냐고 한다.

나의 처는 정말 현모양처이다.

내가 처복이 많고 여복이 많은 사람인가 보다. 물론 동생도 매사에 긍정적이고, 봉사 정신이 많은 사람이다.

아버님, 어머님이 병원에 입원하셨을 때도 처는 농사와 집안일로 할 수 없는 간호를 동생이 지극 정성으로 잘해 주었다. 남들이 뭐라 해도 내 처와 동생의 삼각 관계는 하늘이 맺어 주는 아가페 사랑인가 보다.

의논 하나 할 데 없는, 형제가 없는 나로서는 동생과 같이 의논하는 일이 많았다. 공장 창립에서부터 사소한 일까지도…….

공장이 안정되니까 우리는 여행을 즐겼다. 우리 셋은 동서와 처제, 처남까지 단체로 여기저기 국내 여행은 물론 하와이를 비롯한 미 서부 지역과, 홍콩과 호주 여행을 비롯해서 중국 북경, 만리장성까지…….

이제 동생은 자식 3남매 모두 출가시키고, 환갑을 지나 뒤늦게 만학으로 공부하여 영남대학교 사회복지과 4년제를 공부하고 사회복지사로, 강사로, 여러 가지 활동을 하며 어린 시절, 젊은 시절 못 다한 꿈과 희망을 이루어 나아간다.

동생 '파이팅!' 이다.

나는 이제 늙고 병들었으니 동생에게 도움을 줄 수는 없지만 그래도 걸림돌이 되기는 싫다. 이제는 나하고의 관계를 생각하자. 그동안 우리는 20여 년을 함께 했다. 남이 볼 때 이루기 어려운 사랑을, 거룩한 사랑을 하면서 정도를 넘지 않는 로맨스를 가져 왔다. 그러나 앞으로 어떻게 해야 하나? 그녀는 이제 공부를 했으니 세상이 달라져야 하고 넓어져야 한다. 이제는 앞이 창창하다. 마음껏 활동해야 하고 마음껏 날개를 펴야 한다.

나는 이제 늙고 병들었으니 그의 앞날에 도무지 도움을 줄 길이 없다. 뿐만 아니라 그가 활약하는 데 조금이라도 걸림돌이 된다면 내 양심이 허락지 않는다. 그래서 우리는 아쉬워도 결별을 선택했다. 20여 년을 지난 오늘에 와서 말이다.

그래서 언니는 계속 좋아도 나는 밉단다. 이렇게 정리하니 마음이 가볍다.

5. 기범(起範) 이강규(李綱奎) 타운

〈기범(起範) 이강규(李綱奎) 타운〉

내가 어린 시절, 학생 시절, 약관을 지나고 청장년을 지나 노년을 살아가면서 내가 남긴 것, 내가 남길 것이 무엇이 있겠냐만 그래도 아직 숨이 붙어 있으니 좌절하지 말고 나머지 인생 내가 더 할 수 있는 일이 무엇이겠나? 생각해 보련다.

늙고 병들었다고 자포자기할 것이 아니라, 크게 욕심 없이 적은 것에서 좀 더 찾아보리라.

산림계장 시절, 앞산에 올라가서 주민들을 데리고 사방 사업 조림을 했던 것이 울창한 숲을 이루어 길을 찾기 어렵고 산비둘기 날아와 한가로이 노닐고 있다.

양식계장 하던 시절, 물 가득한 호수에 잉어 떼 '철썩' 뛰어오르면 강태공들의 시선이 작렬하며, 더 많은 고기를 낚으려 두 눈 부라리고 있을 뿐 아니라, 가산 우금 저수지 옆 호숫가에 은광종

합체육관이 우뚝 버티고 있어, 젊은이들의 포효하는 기합 소리
에 사람의 살맛을 돋운다.

체육관 정문 앞에는 '기범(起範) 이강규(李綱奎)선생 생가 터'란
조경석이 큼직하게 서 있다.

가산면 새마을 지도자 협의회와, 은광종합체육관 배드민턴 동
호회 회원들과, 은광판지포장㈜ 임직원들과, 점진중학교 문하
생들이 힘을 합하여 고희를 기념하여 약력을 새겨 넣었다.

'은광 종합 건물'과 '유성제과 건물'이 비닐하우스 창고와 함
께 나란히 있으며, 그 앞에 사람이 거처힐 수 있는 '우금당'을
지었으니, 겉은 벽돌이지만 안쪽은 흙벽돌 황토벽으로 별장을
만들고, 정문 생가 터 조형물 맞은편에 우금당 입주 시가 돌에

215

새겨져 세워 있다.

머물러 살 만한 곳이 아닌가? 잉어와 붕어가 같이 노니는 작은 연못에는 물레방아가 끊임없이 돌아간다. 큰 소나무가 있는 잔디밭의 시소와 그네는 어린애들을 반기고 돌로 만든 어린 말 한 마리가 어린이들을 태운다.

그 앞에는 느티나무 그늘과 함께 '우금정'이 있으니 쉴 만한 곳이 아니냐. 호숫가에서 시원한 바람 맞으며 느티나무 짙은 그늘은 제격이다. 바깥에서도 쉬지만, 높은 정자에 올라 눕기도 하거니와 독서실에 들어가 책을 고른다. 우천 시도 대비했지만 독서실은 난방도 되어 있다.

우금당과 우금정 사이 7~80m 거리를 황톳길로 만들고, 스테인리스로 난간을 만들어 장애인이나 노인들도 걸음을 걸을 수 있게 조성했으며, 우금정 나무 그늘 밑에 몇 가지 헬스 기구를 두어, 쉬기도 하지만 틈틈이 가벼운 운동을 할 수 있게 했다.

가히 하나의 '이강규 타운'이다.

솔밭을 지나 좀 더 가면 하천 정비해서 나온 마치미 쉼터 공원에 '게이트볼장'이 있어 마을 주민들과 같이 매일 오후에 모여서 게임을 즐기고, 황량하던 개울에 부락 새마을 운동으로 돈 한 푼안 걸고 부존자원으로 이룩한 교량, 우금 마치미교를 건너가면 '새마을 회관'이 있지 아니한가.

그 앞에는 마을에서 세운 '공덕비'에 이강규 이름이 적혀 있

다. 이 모두 내가 지나 온 흔적들이다. 감회가 깊다.

하수구 사업과 상수도가 묻혀 있는 말끔한 아스팔트 포장 길을 좀 더 가면 '은광판지포장(주)'가 있어 기계 소리가 요란하다. 30여 명의 직원들이 금은지와 골판지를 생산하고 이를 토대로 각종 박스를 생산하여 연간 100억 매출을 목표로 매진하고 있다.

8월 30일, 가산면 내에 70년대 새마을 운동을 상징하는 '잘 살아 보세'라는 문구가 새겨진 '새마을 운동 탑'이 5m 높이의 큰 조형물로 700만 원을 들여 세워져 오가는 주민들의 정신과 마음을 가다듬게 하고 새마을 지도자들의 사명감과 각오를 북돋우고 있다.

작년도 자서전 초판이 나갈 때는 게이트볼장에 전광판이 안 되어 있었고 우금정에 유리 창문을 했으면 했는데, 전광판은 물론 정자에 알루미늄 새시, 방충망, 화장실까지 깔끔하게 해 놓았으며 체육관 운동장도 아스팔트를 깔았다.

나는 어려서부터 부모님 덕에 배고픔을 모르고 자라 왔고 공부하고 농사하는 동안 남에게 돈을 주었다가 떼기는 여러 번 했어도 남의 빚을 모르고 살았다. 그러다가 공장을 지으면서 농협이나 은행에서 이런 돈, 저런 돈을 쓰고 갚으면서, 체육관이나 유성제과 등을 지으면서 개인적으로 진 빚도 꽤 있었으나 2010년 5월 17일 오후 네 시, 그동안 부어 왔던 공제금을 타서 개인 빚을 싹 갚았다. 어깨가 가볍다. 무거운 짐을 내려놓은 기분이다.

때가 되면 손자들을 위해 부은 보험이나 건강보험을 탈 일이 있지만 그래도 막내둥이 정진이를 위해서는 매월 10만 원씩 아직도 더 넣어 주어야 한다. 회사도 투자된 자금을 모두 갚는 날이 왔으면 좋으련만……

그리고 가장 고마운 것은 이 책을 읽어 줄 사람이 있어서이고 단 한 명에게라도 거울이 되어 주고 단 한 명에게라도 지팡이가 되어 주었으면…….

고맙습니다.

좌절할 수는 없다

지은이 | 이강규

초판 1쇄 발행 2010년 12월 28일

펴낸이 | 이의성

펴낸곳 | 지혜의나무

등록번호 | 제1 2492호

주소 | 서울시 종로구 관훈동 198-16 남도빌딩 3층

전화 | (02)730-2211   팩스 | (02)730-2210

ⓒ이강규   ISBN 978-89-89182-07-8 03810

MEMO

MEMO

MEMO

MEMO